ケット・シーの村

エリンジ
ウィルダージェスト魔法学校の教師
キリク
ケット・シーの村で育った少年
シャム
キリクの幼馴染のケット・シー
ウィルダージェスト魔法学校へ

「さぁ、キリク君、こちらへ。魔法の効果が切れると、
水に落ちてしまうからね」
「君はきっと新しい生徒ね。
それから可愛い猫さんも、ごきげんよう」
シールロット
高等部・
水銀科の
一年生

「火よ、放たれろ。
そして我が敵を撃て！」
戦闘学試験

僕とケット・シーの魔法学校物語

The story of wizardry school with Cait Sith

著 らる鳥
ill. キャナリーヌ

CONTENTS

The story of wizardry school with Cait Sith

一章✦ウィルダージェスト魔法学校

「キリク、キリク、起きなよキリク」

僕の名前を呼ぶ声と共に、べちべちと、いや、ぐにぐにぷにぷにと、小さく柔らかな物が顔に押し付けられる。

慣れ親しんだ感触に眠気を払い、夜の間は仲が良かった上の瞼と下の瞼を破局させると、僕の顔を踏み付けている一匹の黒猫が視界に入った。

彼の名前はシャム。

僕の飼い猫……、ではなくて、幼馴染、或いは同じ乳を飲んだ、乳兄弟というやつだ。

「やっと起きたね。今日は何の日か覚えてるだろ。ほら、早く用意しなよ」

身を起こそうとする僕の上からピョンと飛び降りたシャムは、美しいサファイアブルーの目を細めて、くしくしと顔を洗う。

その仕草だけを見れば丸っきり単なる猫なのだけれど、当たり前だが、単なる猫は喋らないし、人間と乳兄弟になったりもしない。

彼はそう、魔法の猫とか、妖精の猫とも呼ばれる、ケット・シーだ。

今は本当に単なる猫にしか見えないように振る舞ってるけれど、その気になれば二本足で歩けるし、カップを掴んでお茶も飲める。

尤も猫舌だから、思いっ切り冷まさないと飲めないけれども。

そして僕は、まぁ、シャムがケット・シーである事に比べたら大した話じゃないけれど、そのケット・シーの村、隠れ里で育てられた人間だった。

名前は、さっきシャムが呼んでたようにキリクで、十二歳。

「うんうん、覚えてる。エリンジ先生が何とかって学校に連れて行ってくれる日だったよね。でもほら、今日は雨が降りそうだし、明日で良くない？」

のそのそとベッドから這い出して、サイドテーブルに置いた水差しと盥で、口を漱いで顔を洗う。

冬はもう終わりが近いけれど、それでもやっぱり空気は冷たく、僕は一つ身震いする。

しかし何時までもそのままじゃいられないから、寝間着を脱ぎ捨てて、そのなんとかって学校の制服に手を伸ばした。

窓帷の隙間から入ってくる光から察するに、外は快晴の様子だが、きっと雨は降る筈だ。

だってさっき、シャムが顔を洗ってたし。

「またそれ？　ボクが手で顔を擦ったくらいで雨なんて降る訳ないでしょ。一体どこの迷信だよ。そんなので雨が降ったら、この村は年中雨じゃないか。それにエリンジ先生は魔法で連れて行ってくれるから、雨でも別に関係ないって」

呆れた様子のシャムに急かされて、僕はシャツに袖を通す。

柔らかく、とても質のいいシャツだ。

何で出来てるんだろう?

生糸か、それとも僕が知らない素材だろうか。

あぁ、そうそう、エリンジ先生というのは、ケット・シーの隠れ里に最近やって来た、偉い魔法使いだ。

何でも魔法使いの才能がある子供を探して、国中を旅して回ってるらしい。

その、魔法使いを養成する、何とかって学校に勧誘する為(ため)に。

要するにその、魔法使いの才能がある子供というのが、僕の事だった。

この世界には魔法が存在していて、僕には魔法の才能がある。

自由自在に魔法が使えるなんて、まるでお伽噺(とぎばなし)のようで実に実に魅力的な話だろう。

しかし正直、その学校に通う事に、僕はあまり乗り気じゃない。

だって、その学校は、全寮制だっていうし。

確かに魔法は魅力的だけれど、ケット・シーの村での暮らし、つまりは大勢の猫に囲まれた暮らしを捨てる程の価値が、果たしてあるのか。

本当に単なる猫ばかりだったら、言葉を交わせる人が欲しくなったりしたかもしれないが、ケット・シーは普通に言葉を交わせる。

更に彼らは、人間の魔法とは別物だけれど、不思議な力も使えるのだ。

別に僕が魔法を使えなくたって、十分に神秘的な何かには触れられた。

僕は森に捨てられていたところを、ケット・シーに拾われてこの村にやって来たそうだけれど、捨てられた事に感謝さえしている。

それくらいに、このケット・シーの村での暮らしは、僕にとって理想的なのに。

「いいじゃないか。人間の子供なら、誰もが魔法使いには憧れるんだよ？　こんな何もない村で過ごすより、魔法学校は絶対に楽しいよ。それにキリクが駄々を捏ねるから、ボクが付いて行く事になったじゃないか。それでも不満なのかい？」

ズボンをはいた僕の足を、シャムの前脚がぺしぺしと叩く。

あぁ、もう、本当に、実に愛しい。

猫への愛情と、乳兄弟という家族も同然の相手に対する愛情が乗算されて、思わず抱きしめたくなる。

まぁ、そうしようとしたら逃げられるのはわかってるから、隙ができるまでグッと我慢だ。

実際、僕が普通の子供だったら、シャムが言う通り、何もない村での暮らしよりも、魔法学校での生活に胸を躍らせていたのだろう。

ただ僕には、生まれてこの方、ケット・シーの村を出た事がないにも拘らず、人間に囲まれて暮らした記憶があった。

それは今の僕じゃなくて、それよりも以前の、このケット・シーって不思議な存在や、魔法も存在しなかった、別の世界に生きた記憶が。

流石にその事は、シャムにも、他の村のケット・シーにも、誰にも話してないけれど。

なので魔法はともかく、人間に囲まれて暮らすのは、面倒臭いなって思ってる。

特に魔法使いが、誰もが憧れるような存在だったら、競争やら妬みやら、色んな事が付き纏うだろうし。

でもシャムも、他のケット・シー達も、僕の将来を考えて、魔法学校に行くべきだと口を揃えて言う。

ケット・シーの村に暮らしていても、僕はやっぱり人間だから、ちゃんと人間の暮らしを知るべきだとも。

そしてその理屈は、間違いなく正しい。

彼らは僕を愛してくれていて、だからこそ、外の世界に出そうとしていた。

だったらもう、我儘を言わずに一度は体験してみよう。

魔法のある世界に生まれたんだから、それを自由自在に使ってみたいって憧れは、確かにある。

それに何より、駄々を捏ねた成果として、シャムは付いて来てくれる事になったのだから。

僕は複雑な刺繍が施されたケープを纏い、シャムに向かって手を伸ばす。

するとシャムは、僕の腕を通り道に、肩の上へと駆け上がった。

盥と、水差しの水を始末して、脱ぎ捨てた寝間着も片付けて、乱れたベッドを整えて、持っていく荷を詰めた大きな鞄の蓋を閉める。

それから残ってたパンを半分ずつ、シャムと食べた。

暫くは、ここに帰ってくる事はないから、後片付けは確実に。

家の管理は、村のケット・シー達がしてくれるだろうけれど、余計な手間を掛けたくはない。

「よし、じゃあ、行くぞ。目指すはウィルダージェスト魔法学校だ！」

実は僕よりも、ずっと魔法学校を楽しみにしてそうなシャムが、とても張り切った掛け声を発した。

あぁ、そういえば、そんな名前の学校だったっけ。

エリンジ先生が魔法で連れてってくれるなら、僕らが目指すって訳じゃないと思うけれど、野暮（やぼ）な事は言わないでおこう。

◇◇◇

家を出て、僕とシャムは村の広場へと向かう。

鍵（かぎ）は閉めない。

留守中は、他のケット・シーが家の保持をしてくれるだろうから、鍵を掛ければその邪魔になる。

いや、そうでなくとも、この村で扉に鍵をかけてる家なんてないけれど。

でもウィルダージェスト魔法学校に行ったら、そうもいかないんだろうなとは思ってた。

だって、そこに居るのは、可愛（かわい）く気儘（きまま）だけど優しいケット・シー達じゃなくて、人間だろうし。

別に人間の全（すべ）てが悪い奴だって言う心算（つもり）は欠片（かけら）もないけれど、一部でも不心得者が混じるなら、それに用心しなければならない事を、僕は知ってるから。

「エリンジ先生、おはようございます」

広場の井戸の前で、僕らはエリンジ先生と合流する。

僕は彼に挨拶（あいさつ）し、シャムは今日はそういう気分なのか、ニャアとだけ鳴く。

エリンジ先生は良い人だ。

年の頃は、四十歳くらいだろうか、物腰の穏やかな紳士である。

ケット・シーの村の外を、それから魔法の事も、何も知らない僕の為に、この一ヵ月程は村に滞在して、色々と教えてくれていた。

だからエリンジ先生の事を、僕はまだ学生になってはいないけれど、何の迷いもなく先生と呼んで敬意を払えるし、その授業に付き合ってくれていたシャムも同じく、彼を先生と呼ぶ。

「おはよう、キリク君、シャム君。そうだね。そうしてると、シャム君は全く猫にしか見えないな。既に向こうに行ってからの事を考えてるなんて、流石はシャム君だ」

あぁ、褒めるようなエリンジ先生の言葉に、僕はシャムの態度の理由を思い出す。

そういえば、ウィルダージェスト魔法学校では、シャムは猫のフリをするんだっけ。

ケット・シーは希少な生き物で、隠れ里に集まって暮らし、人前には殆（ほと）んど姿を現さない。

この村もそうしたケット・シーの隠れ里で、外界とは遮（さえぎ）られた場所にある。

実際には、ケット・シーが人間の町を訪れる事はそんなに珍しくないのだが、彼らは猫のフリがとても上手（うま）いから、単なる人間がそれを見分ける事は不可能なのだ。

まぁ、僕は幼い頃からケット・シーを見続けてるから、少し観察すれば多分見破れるだろうけれども。

という訳で、そこが魔法学校とやらであっても、ケット・シーを連れてる新入生なんて悪目立ちしてしまうから、シャムは猫のフリをするらしい。

魔法使いなら、猫を使い魔にしてる事も、決して珍しくはないからと。

……正直、これはあまり気に入らなかった。

乳兄弟という、家族も同然の相手であるシャムを、使い魔だとかの扱いにするなら、悪目立ちした方がマシである。

だけどシャムは全く気にした風がなく、ケット・シーは元々知らない人間の前では猫のフリをしてきた生き物なんだぞと諭されてしまうと、僕にはもう何も言えない。

なので僕も、見知らぬ誰かがシャムを使い魔なのだと見ようがどうしようが、気にしない事にしよう。

大切なのは、僕がシャムを、シャムが僕をどう思ってるかで、見知らぬ他人は全く関係ないのだ。

もしも親しい友人ができれば、その上で、僕にとっての親しい友人が、シャムにとっても親しい人になったなら、こっそり正体を知って貰えばいい。

エリンジ先生は、まるで僕の内心の不満がわかってるかのように、それが収まるのを待ってから、

「では、行くとしようか。初めてこの村を出るのだから、不安は当然あるだろう。だがキリク君、外の世界も、決して悪い場所ではないよ。私が保証しよう。もちろん、私の保証をキリク君が信じられるならば、だがね」

ニッと笑ってそう言って、まるでオーケストラの指揮者のように、両腕をダイナミックに動かし

た。

すると彼の両手の動きに呼応するように井戸から水が飛び出して、僕らの目の前で大きな水鏡を作り出す。

しかしその水鏡に映るのは、前に立った僕らじゃなくて、どこか全く見知らぬ景色。

「おっと、一応、復習しておこうか。この魔法を見せるのは初めてだが、説明はした事があったね？　私が使った魔法は、何という名前で、何の為の魔法か、キリク君、答えなさい」

僕とシャムが揃ってポカンと口をあけ、目の前の水鏡を見ていると、興が乗ったのか、エリンジ先生が一つ問題を出した。

うん、確かに一度、説明は受けてる。

ただこんな風に、ダイナミックに水鏡が出てくると思わなかったから、ちょっと驚いてしまったけれど。

えぇと、確か、

「旅の扉の魔法です。正確には、世界に幾つかある不思議な力を持った泉、旅の扉と言われる場所に移動する為の、水の門を喚(よ)ぶ魔法ですね。移動系の魔法は制御が難しく危険も多いですが、この魔法は旅の扉という安定した場所を利用するので、安全に移動できる魔法だとされています」

こんな風に教わった筈だ。

移動すると言って魔法を使い、水鏡、いや、水の門を出した以上、恐らく旅の扉の魔法だろう。

ちらりと肩の上のシャムを見れば、ウンウンと頷(うなず)いてるから間違いない。

僕らの答えはどうやらちゃんと正解だったらしく、

「うんうん、よく覚えてる。君達は優秀な生徒だね。その通り、これは旅の扉の魔法だ。本当は、天馬でも喚んで乗せて行ってあげようとも思ったのだが、生憎と向こうは雨らしくてね」

機嫌よく笑って頷いた。

ほら、やっぱり今日は雨じゃないか。

さっき、シャムが顔を洗ってたせいである。

季節的に、雪じゃないだけ凄くマシだけど。

ただ、エリンジ先生は向こうは雨だと言ったけれど、水鏡を覗く限り、雨が降ってるようには見えない。

不思議に思って首を傾げると、肩のシャムが僕の頬を前脚でグイと押し、

「ほら、魔法学校は外敵が入って来られないように、結界に覆われた異界にあるって言ってただろ。外と中じゃきっと環境も違うのさ」

そんな言葉を口にする。

今は、猫のフリは中断らしい。

あぁ、そういえばそんな事も言ってたような？

ちなみに結界に覆われた異界と言えば、このケット・シーの村も同じである。

村の周囲の森には結界が張られてて、妖精の類でなければこの村には辿り着けない。

何故なら結界によって、この世界から少しずらされた場所に存在してるから。

そうした場所を、異界と呼ぶ。

エリンジ先生も結界を抜けて村に来るのは、それはそれはとても苦労をしたそうだ。

でもこの村を覆う結界は、流石に雨まで遮断したりはしないので、ウィルダージェスト魔法学校が存在する異界は、より高性能な場所になるのだろう。

「流石はシャム君だ。その通りだよ。できれば結界の外から入って、違いを見せてやりたかったが、まぁいずれ見る機会はあるだろう。さて、では今度こそ、行くとしようか」

そう言ってエリンジ先生は先に水の門の中へと足を踏み入れる。

僕らも、というかシャムは肩に乗ってるから、僕は慌てて後を追って、一瞬、水の門に触れるのは躊躇(ためら)ったけれど、意を決して踏み込んだ。

次の瞬間、ふわりと浮遊感に包まれたかと思うと、僕は見知らぬ地に、いや、見知らぬ場所で水の上に、立っていた。

◇◇◇

そこは、広場のような場所だった。

正しくは広場の中央にある池……、いや、水が湧(わ)き出(で)てるから泉の水面に、足が沈む事もなく僕は立ってる。

「さぁ、キリク君、こちらへ。魔法の効果が切れると、水に落ちてしまうからね。急ぎたまえ」

掛けられた声で我に返れば、既にエリンジ先生は泉の外だ。

慌てて小走りに、だけど水面を踏む足は慎重に、彼のところへ急ぐ。

どうやら旅の扉の魔法には、水をはじく効果もあるのだろう。

僕も、肩の上のシャムも、もちろんエリンジ先生も、水に濡(ぬ)れた痕跡(こんせき)はない。

冷たさだって感じなかった。

泉から出て、改めて周囲を見回せば、広場を囲むように四体の石像が立っていて、更に向こうには大きな石造りの建物が幾つか見える。

一番大きな、まるで城のようにも見える建物が、魔法学校とやらなのだろう。

すると他の建物は、……学生が寝泊まりする寮だろうか。

いや、それにしては大きいし、数も多いから、別校舎といったところかもしれない。

どちらにしてもこんなに大きな建物は、この世界に生まれてからは初めて見るから、少しばかり驚いた。

所せましと立ち並ぶ高層ビルの群れに比べると、そりゃあ規模は小さいから、圧倒されるって程じゃないけれど。

あぁ、でも、肩の上のシャムはすっかり圧倒されていて、口がぽかんと開いたままだ。

僕は別にいいけれど、猫のフリはどこへ行ったのか。

ふと、気配を感じて後ろを振り向くと、僕らがさっき出てきた泉の水が盛り上がり、大きな水鏡、もとい水の門を作ってる。

そしてその中から、僕よりも二、三歳くらいは歳上の、制服を着てるから恐らく女生徒が、するりと姿を現した。

多分、僕らがここに来る時も、彼女のように現れたのだろう。

「あら、エリンジ先生。という事は、君はきっと新しい生徒ね。それから可愛い猫さんも、ごきげんよう」

慣れた足取りで水面の上を歩く女性とは、なんというか、とても優雅に見えて、物怖じしない真っ直ぐな挨拶に、僕は少し戸惑ってしまう。

もしかすると、僕の顔は今、少しばかり赤いかもしれない。

僕が咄嗟に返事ができないでいると、

「ふむ、シールロット君と会うのは久しぶりだね。そう、こちらは新入生のキリク君だ。彼は今しがた住んでいた村から出て来たばかりでね。君のように素敵な女性との出会いには慣れず、戸惑っているのだろう」

エリンジ先生が助け舟なのか、揶揄いなのか、判断に困る言葉を口にした。

でも、うん、どちらかと言えば助け舟か。

向こうから挨拶して貰ったのに、何も返せないようでは、今後に支障をきたしてしまう。

「あっ、はい。キリクと言います。こっちはシャム。シールロット先輩ですね。すいません、よろしくお願いします」

何とか絞り出した挨拶は、人付き合いの不慣れさが露骨に現れたものだったけれど、肩の上のシャムがそれに合わせてニャアと一つ鳴いてくれて、そのお陰か、シールロットと呼ばれた女生徒の顔には、とても嬉（うれ）し気な笑みが浮かぶ。

どうやら彼女も、猫が好きな人らしい。

だったら、多分きっと、良い人だ。

その後は、エリンジ先生が間に入ってくれながら、シールロットと少し話せたが、彼女は高等部の水銀科というところの、一年生になるらしい。

何でもウィルダージェスト魔法学校には初等部と高等部、それから大学があるという。

基本的には、初等部で二年、高等部で三年学び、一人前の魔法使いとなる。

そして大学には、本当に優れたごく一部の、それも魔法に関しての研究意欲が著しく高い生徒のみが進学するのだとか。

大学はさておいて、初等部と高等部の違いは専門性だ。

初等部の間は全ての生徒が同じカリキュラムで、同じ寮に住んで学び、高等部からは専攻する分野によって三つの科に分かれ、寮も別になるらしい。

尤も専攻する分野を選ぶには、本人の希望だけじゃなく、適性も大きく影響するそうだけれども。

以前は初等部の頃から三つの科に分かれ、それぞれ三つの寮に住んでたらしいけれど、その頃は科や寮の違いによる対立が酷（ひど）かったという。

なので先代の校長が、初等部は科を分けない事にしたんだとか。

同じ釜の飯を喰（く）えば、たとえ進む道が違っても、一定の理解ができる筈だと考えて。

実際、先代の校長の任期から、黄金、水銀、黒鉄の三つの科の争いは、大きく減少したそうだ。

まぁ各科の特徴は、追々、ゆっくりと知っていく事になるだろう。

初等部に入る僕と、高等部のシールロットでは行き先が違うから、彼女と別れた後、僕とシャムはエリンジ先生に連れられて、一番大きな建物に向かった。

まず最初は、校長への挨拶を済ませるそうだ。

道中、ところどころに石像を見掛ける。

上半身のみの胸像じゃなくて、手も足もある全身像。

それもどれもが、鎧兜を纏った戦士や騎士、或いは虎や獅子のような、いかにも強そうな像ばかり。

偉人を記念したモニュメントの類とは、どう見ても意味合いが違った。

これは多分、防衛設備の一部だと思う。

ウィルダージェスト魔法学校は外敵が入って来られないように、結界に覆われた異界に存在してるらしいけれど、中に侵入された際の備えがない筈はない。

さっきの泉、旅の扉は出入口だから、重点的に守られていて当然だ。

ならばいかにも意味ありげにあの泉があった広場を囲んでた四体の石像が、その守りであると考えるのは自然の流れである。

すると僕の視線の意味を察したのか、

「気付いたかね。これらの像は、学校を守る生きている像だ。悪意を持ってウィルダージェスト魔法学校に立ち入らねば無害だが、妙な悪戯（いたずら）はしないように」

さらりとエリンジ先生が教えてくれた。

村に滞在してた時もそうだけれど、彼は本当に勘が鋭い。

そしてその勘を欠片も疑う事なく、当然のように振る舞うから、まるで僕が見透かされてるみたいで、少し怖くなる時がある。

凄い魔法使いというのは、誰もがそうなんだろうか。

エリンジ先生が凄い魔法使いである事には疑う余地もないけれど、ここには同じくらい、或いはそれ以上に凄い魔法使いが、恐らく幾人もいるのだろう。

例えば、今から会う校長先生とか。

「ねぇ、シャム。なんだか、凄いところに来ちゃったね」

僕は、本当に今更なんだけれど、胸の内に畏（おそ）れと期待が混じり合った、複雑な感情を抱く。

シャムは呆れたように、ニャアと一つ鳴いてから、僕の頬を前脚で押した。

しっかりしろと、言わんばかりに。

◇◇◇

「ようこそ、ウィルダージェスト魔法学校へ。キリクさん、我が校は貴方（あなた）を歓迎いたします。それからシャムさん、もちろん貴方も」

エリンジ先生に案内された校長室で僕らを出迎えてくれたのは、上品で優しそうなお婆さんだった。

だけどこのウィルダージェスト魔法学校の校長、マダム・グローゼルといえば、国の王でも頭を下げる、最優の魔女と呼ばれる人物らしい。

何でも北の国を滅ぼし掛けた巨大な悪竜を、魔法で封印したんだとか。

でもこうして対面しても、そんな凄い人には、あまり見えない。

例えばエリンジ先生には、一目でも見れば、逆らうべきじゃない人だってわかる凄味がどことなく感じられるんだけれど、マダム・グローゼルは、我儘を言っても許してくれそうな、そんな柔らかな雰囲気があった。

まぁ魔法学校の校長ってだけで、ただ者じゃないのは間違いないから、余程に自分の凄さを隠すのが上手なんだろう。

「ありがとうございます。早く一人前の魔法使いになって、村に帰れるように頑張ります」

無難な挨拶を並べると、マダム・グローゼルの口元に微笑が浮かぶ。

あぁ、やっぱり怖い人かもしれない。

エリンジ先生のように内心を言い当てられてる訳じゃないのに、何だか見透かされてる感じがした。

「ボクの事も、受け入れてくれてありがとう。人の魔法には詳しくないから、どんな授業をしてるのかとても楽しみなんだ」

肩のシャムが、人の言葉でそう喋る。

エリンジ先生が滞在の許可を取る為に事情を話してるから、マダム・グローゼルはシャムがケット・シーである事を知っているのだ。

「ええ、ケット・シーの方をお迎えできるのは本当に光栄だわ。貴方の目から見て、ここの授業がどう映るのか、また感想を教えてくださいな。あぁ、だけどこの学校の近くの森には、クー・シーもいますから、どうか喧嘩(けんか)はなさらないでね」

シャムはマダム・グローゼルの言葉の最後の部分に、僅(わず)かに顔を顰(しか)めた。

ケット・シーの表情は、人には恐らく読み取り難(がた)いだろうが、付き合いの長い僕にはバレバレである。

ちなみにクー・シーというのは、犬の妖精だ。

別にケット・シーとクー・シーの仲が特別に悪いって事はないけれど、確か人にとっては割と危険な妖精だった筈だから、何でこんなところにいるんだって思ったんだろう。

……本当に、何で？

個人的には猫程ではないが、犬も結構好きだから、クー・シーは一度見たいけれど、流石に危ないか。

何しろ妖精の中には、人にとって危険な連中も少なくない。

というよりも、寧(むし)ろケット・シー程に友好的で害がない妖精の方が珍しいくらいだった。

妖精が人に悪意を抱いてはいなくても、両者の価値観や力には大きな隔たりがある。

些細な行動や、軽い悪戯、或いはそれが善意であったとしても、妖精は人を害しうるのだ。

例えばクー・シーの場合は、決まった領域を守っている事があり、そこに入り込んでしまった相手を襲って命を奪う。

その際、警告の吠え声を、ゆっくりと間を開けて三度発するので、三度目の吠え声が聞こえる前に遠くに去らねばならない。

多分、クー・シーが森にいるのは、そこを通ってウィルダージェスト魔法学校へとやって来ようとする侵入者に対する守りだと思う。

優れた魔法使いなら、妖精の行動原理を理解して、その力に対抗もできるから、友となって妖精の助力を借りられるのだと、エリンジ先生は言っていた。

実際、彼がケット・シーの村に辿り着いたのは、周囲の森に住む妖精と友好を結び、その助けを受けて結界を突破したからだ。

尤も、凄く苦労はしたみたいだけれども。

きっとマダム・グローゼル、ウィルダージェスト魔法学校の校長は、森に住むクー・シーの友なのだろう。

つまり僕も、この学校で優れた魔法使いになれたなら、クー・シーと仲良くなって触らせて貰える可能性は大いにある。

何ともやる気の湧く話じゃないか。

「今日は、そうね。今からなら基礎呪文学の授業に間に合うから、そちらを受けて頂戴。その授業が終わったら、寮に案内して貰うわね。エリンジ先生、お願いできる？」

校長の話といえば長いのが相場だが、マダム・グローゼルは違うらしい。

まぁ学校初日の生徒とはいえ、校長先生が一人の為に、長々と時間を取る訳がないか。

僕もエリンジ先生も、向けられた言葉にそれぞれ頷く。

「では私からは以上よ。キリクさん、困った事があったら私でも、他の先生でも、何でも相談して頂戴ね。貴方が楽しい学校生活を送れるように、祈ってるわ」

その言葉に背を押され、僕らは校長室を後にした。

校長室の扉は、マダム・グローゼルが視線を向けただけで勝手に開き、魔法の力を見せ付ける。

僕とシャムはエリンジ先生に連れられて、初等部の一年生が授業を受けるという教室を目指す。


道すがら、エリンジ先生は学校の事を色々と教えてくれる。

例えば、食事はこの校舎から少し離れた場所にある、寮の食堂で取るとか、学校の各所にあるトイレを使う際の注意事項とか。

初等部の一年生は僕を含めて三十人おり、同い年の子供が沢山いる教室の風景には、きっと驚くだろうとも言っていた。

でも正直、この学校の規模なら、もっと沢山の生徒が居るものだと思ったから、少し拍子抜けをしてしまう。

だって単純に計算すると、初等部は二学年だから六十人。

高等部は三つの科に分かれると言っても、総計は変わらないだろうから三学年で九十人。

大学はちょっとわからないけれど、学校全体で百五十から二百人程しか居ないって事になる。

方々から生徒を集めているとは言え、魔法の才能を持った子供は、やはり数少ないのだろうか。

あぁ、それから、大切な事だけれど、これから呪文を学ぶのだからと、魔法の発動体を、エリンジ先生から渡された。

魔法の発動体は、人が魔法を扱うのに必要になる物だ。

これを用いずに神秘的な現象、例えば炎を吐いたり、風を巻き起こしたりできる生き物は、魔法生物と呼ばれる。

なので妖精も、その定義に従えば魔法生物の一種になるだろう。

魔法の発動体には定まった形がある訳じゃなくて、エリンジ先生は常に身に付けている手袋がそうらしい。

ただ魔法使いの多くは、使い易い杖（つえ）を好む事が多いそうで、僕が渡されたのも小さく短い杖だった。

長さは、そう、三十センチ程だろうか。

杖といえば歩行の補助に用いる物だが、この長さじゃとても地には届かない。

この類の杖は、短杖（ワンド）と呼ばれる儀礼用の物である。

魔法の発動体としては、携帯性に優れ、尚且（なおか）つ装身具を発動体とするよりも、魔法の扱いが易しいという。

材料となったのは、動き回る樹木、トレントの枝だとか。

トレントもまた魔法生物であり、魔法の発動体には基本的に、魔法生物の素材が使われるそうだ。

これまで、一ヵ月程だがエリンジ先生に色々と学び、魔法に関しても教えられたけれど、実際に使った事は一度もない。

だけど今、僕の手の中には魔法の発動体の短杖があって、魔法を振るう瞬間を待っている。

あぁ、流石にこれは、ちょっとばっかり興奮が抑え切れそうにない。

多分、緩んでしまってる僕の顔を、シャムの尻尾がぺしりと叩いた。

◇◇◇

教室に辿り着いた頃には、既に授業は始まってる様子で、エリンジ先生が先に中に入って科目の先生と話をし、それから交代で僕が招き入れられる。

「頑張りたまえ」

すれ違いざまに、エリンジ先生がそう言って、僕を勇気づけようとしてくれた。

科目の先生は若い女性で、体形のわかり難いゆったりとしたローブを纏い、三角帽子を被って、いかにも魔女って格好だ。

尤も、僕はこの世界の魔女なんて、他にはマダム・グローゼルしか知らないから、それが本当に魔女らしいのかは、実はさっぱりわからないんだけれども。

「はい、では皆に新しい友人を紹介します。君、自己紹介をして頂戴」

されるだろうとは思っていたが、やっぱりされた自己紹介の要求に、僕は思わず天を仰ぐ。

教室の天井は、かなり高い。

恐らくそこで過ごす子供達が魔法使いの卵だから、ちょっとした魔法なら天井に届いたりしないよう、敢えて広く高く造られているのだろう。

それにしても、三十人近くの同い年を相手に自己紹介って、やっぱりきついな。

大勢の中に紛れた一人としてならともかく、ただ一人の新入生として名乗りを上げるのは、実に勇気が要る行為だ。

まぁ、別に面白い事はしなくていい。

単に名乗れば良いだけだ。

変に張り切ると、それは黒歴史を作るだけだと、僕はちゃんと知っている。

無難が一番だと、そう思っていたのだけれども……。

ぴょんと、僕の肩を飛び降りたシャムが、教卓の上に着地した。

そして教室中を睥睨するように見回して、ニャアとひと声、鳴いてみせる。

いや、君、一体、急に何をしてるの。

シャムの突然の行動に、頭の中が白くなった。

だけど、このままじゃいけない。

とにかく何か、言い訳をしなくちゃいけない。

後、ついでに自己紹介も。

「あっ、キリクです。こっちはシャム。見ての通りやんちゃですけど、悪い子じゃないのでよろしくお願いします。シャムと授業を一緒に受ける許可は、マダム・グローゼルに取ってあります」

懸命に言葉を捻り出すと、最初はまばらだったが、拍手が鳴り響く。

なんとか、無難に収まっただろうか。

うぅん、大分外してしまった気がする。

教卓のシャムを拾い上げ、もう勝手に逃げないようにしっかりと抱え込む。

まぁいい。

一応、自己紹介はできたのだ。

それで善しとしよう。

「そうね。じゃあキリク君は、そこの空いてる席に座って。授業を続けるわ」

僕は、まだ名前も知らない先生の指示で、窓際の、前から三番目の席に座った。

シャムは机の上に陣取って、何だか妙に誇らしげな顔をしてる。

やってやった、とか思ってるんだろうか。

でもシャムがやってやったのは、クラスの子らじゃなくて、主に僕に対してだ。

全く、もう。

だけど僕の内心なんてお構いなしに、授業は再開される。

先生の声に耳を傾ければ、今は発火という、魔法の中でもごくごく基礎的な物の使い方を説明し

ていた。

僕がこの学校に入るのは、周りの子供達に比べて一ヵ月遅れになるのだけれど、どうやら実践のタイミングには間に合ったらしい。

魔法とは、魂の力でこの世界の理を塗り替え、望む現象を引き出す技だ。

もちろん、何の制約もなしに好き勝手ができる訳じゃないけれど、優れた魔法使いであればある程、不可能の数は減る。

発火の魔法が基礎的な物だとされる理由は、火は人の身近に在りながら、特別なものとして扱われてきたからだという。

恐らく、十二歳にもなって、火を見た事がない子は、あまり居ないだろう。

けれども、例えば土のようにごくごく当たり前の物ではない。

触れば火傷をしてしまうし、冬は火が身体を温め、食材は火を通す事によって食事となる。

故に、魔法という特別な技で出現させるのに、火は最も適してるのだと、科目の先生は語った。

納得できるような、いまいちピンと来ないような、そんな感じだ。

まぁ、風のように目に見えぬ物を出すよりは、イメージがし易いのは間違いがない。

エリンジ先生は、魂の力で世界の理を塗り替えるには、強いイメージが必要だと言っていたし。

「発火の魔法の詠唱は、『火よ、灯れ』です。最近の魔法使いは詠唱を省略したがりますが、基礎呪文学の授業では許しません。詠唱無しで魔法を使うのは、戦闘学の授業でやりなさいね」

サッと杖を翳して、先生はその先に火を灯しながら、僕らに向かって注意を発する。

詠唱は、言葉として発する事でイメージを補強したり、言葉の縛りによって魔法の暴走を抑える効果があるそうだ。

確かに詠唱無しで魔法を使うのは格好いいけれど、基礎呪文の授業ではちゃんと詠唱を使えと言われるのは、至極尤もな話だろう。

僕は、まだ魔法を使った事はないけれど、理屈はエリンジ先生に教えて貰った。

皆より、一ヵ月遅れてこの学校にやって来たけれど、その一ヵ月は無駄じゃなかったと、証明したい。

周囲が杖を睨んでウンウン言ってるのを横目に、心を研ぎ澄まし、杖を翳す。

イメージするは、火。

炎ではなく、小さな火だ。

大切なのは、できると信じて疑わない事。

それは実に簡単である。

何しろ、この世界には魔法が実際に存在してるんだから、できない筈がない。

「火よ、灯れ」

言葉に発し、理を塗り替える。

ボッ、と杖の先に火が灯った。

より正確には、杖の先端よりも数センチ離れた、何もない場所が、燃えている。

できると信じてやったけれど、実際にできてしまうと、やっぱり驚く。

だって、この火は一体、何を燃料に燃えているのか。

「キリク君、よろしい。貴方は優秀な魔法使いになれるわね。消し方は、『消えろ』と言って杖を振るのよ」

先生が、そう言って火を消すのを見て、僕も真似(まね)て火を消す。

周囲からの視線が集まってるのを感じ、少し恥ずかしい。

シャムはやっぱり、机の上で誇らしげな、……ドヤ顔をしてる。

君は何もしてないんだけど、まぁ、うん、我が事のように誇ってくれるのは、嬉しく思う。

それから何度か火を灯したり、消したりして、理を塗り替える感覚を掴みながら、最初の授業は過ぎていく。

◇◇◇

授業が終わった後、クラスメイトに囲まれて質問攻めにされそうになったけれど、やって来たエリンジ先生に助け出されて、寮へと向かう。

クラスメイトも、僕が新入生だからって色々と気遣ってくれたんだとは思うけれど、やっぱり一度には覚えられないから、少しずつ仲良くなっていきたいところだ。

まずは、席の前後や隣の生徒辺りから。

ウィルダージェスト魔法学校には、寮が四つ存在してる。

一つは初等部の生徒が寝泊まりする、卵寮。

他の三つはそれぞれ黄金科、水銀科、黒鉄科の生徒が寝泊まりする、黄金寮、水銀寮、黒鉄寮だ。

どの寮も食堂や浴場等の設備があって、更に生徒の身の回りの世話は、魔法人形がしてくれるという、至れり尽くせりの環境だった。

僕は初等部なので、向かう先は当然ながら、卵寮。

初等部の間は、皆が魔法使いの卵だからと、こんな名前になってるのだろうか。

そしてエリンジ先生に案内されたのは、卵寮の食堂だった。

あぁ、そういえば朝にパンを少し食べたきりだから、随分とお腹(なか)は空いている。

「ここでの注文の方法は独特でね。馴染みがなかろうから、今日は私と一緒に食べようか。他の事はゆっくり覚えれば良いが、食事だけは欠かせないからね」

なんて言って、エリンジ先生は笑う。

僕はエリンジ先生の、こういった考え方は大好きだ。

ただ、確かにケット・シーの村では食事を注文する事なんてなかったが、この食堂の使い方は見れば何となくわかる。

だって入り口に置かれているのが、紛れもなく券売機なんだもの。

電気もないこの場所で、どうやって動いてるのかと考えたら、そりゃあ魔法の力なんだろうけれど、……違和感が凄い。

ときにこの魔法学校に来て、少し疑問に思った事がある。

魔法は、魂の力で理を塗り替えて望む現象を引き出すと教わったが、この魔法学校には、あまりに魔法に由来する何かが多かった。

この券売機もそうだけれど、生徒の身の回りの世話をするという魔法人形や、勝手に開くドア、警備を担う生きた彫像……等々。

あれらは一体、誰の魂の力で動いているのか。

僕はエリンジ先生に倣って券売機を使い、出てきた木札を取ってテーブルに着き、その事を問うてみた。

あ、券売機とは言ったが、別に食券を買った訳じゃなくて、食堂での食事は、魔法学校の生徒は無料だ。

ケット・シーの村での生活はお金とは無縁だったから、無一文の僕には正直助かる。

「ふむ、なかなか良いところに気付くね。この魔法学校を維持してるのは、誰の魂の力でもないよ。ここはずっと昔から魔法の学び舎(まなびや)として存在してて、魔法の力を積み重ねていったんだ」

暫くすると魔法人形が湯気の立つ料理を運んで来て、代わりに木札を回収していく。

メニューは、パンと鶏のクリーム煮と、サラダにフルーツだ。

おかわりもできるらしい。

僕はシャムの為に鶏肉を解(ほぐ)して別の皿に移しながら、エリンジ先生の言葉に耳を傾ける。

「魔法学校の歴史の力、というべきかね。例えばさっき食事を運んでくれた魔法人形は、もう三百年は動いてる働き者だ。機嫌を損ねないように気を付けたまえよ。魔法人形の機嫌を損ねれば、魔法学校での暮らしは酷く劣悪な物になる」

エリンジ先生の本気とも冗談ともつかぬ言葉に、視線を給仕の魔法人形にやると、彼、或いは彼女は、こちらに向かって手を振った。

あぁ、どうやら冗談ではなさそうだ。

この忠言は肝に銘じて、魔法人形には丁寧に接しよう。

「また異界と化したこの場所で、長く頻繁に魔法が使われ、魔法の品も多く生み出されてきた結果、ウィルダージェスト魔法学校がある空間は、世界の理が揺らぎ易くなっているんだ。だから魔法の修練にはより適してるという訳だね」

食事を口に運びながら、エリンジ先生は楽しそうに語ってくれた。

この先生は、ケット・シーの村で教わってた時もそうだったけれど、魔法の話をしている時が、何時も一番楽しそうだ。

でも、話してくれた内容は随分と怖い物に思える。

世界の理が揺らぎ易いって、……危ないんじゃないだろうか？

いや、そりゃあ優秀な魔法使いの先生が沢山いて、問題ないと判断してるなら問題はないんだろうけれども。

もしかしたら、既に何か対策はしてるのかもしれないし。

僕も魔法に関して学んで行けば、やがてはその辺りもわかるようになるだろうか。

食事の後、エリンジ先生に連れられて寮監に挨拶し、部屋の鍵を受け取った。

これから先に必要な教科書の類は、既に部屋に運んであるらしい。

あぁ、でも、寮監はちゃんと普通の人間である。

少なくとも、見た限りではその筈だ。

部屋に入り荷を下ろすと、大きな溜息が漏れる。

今日は、もう結構色々とあったから、まだ日も暮れてないけれども、妙に疲れた。

部屋にはベッドが二つあるけれど、僕だけで使うらしい。

いや、もちろん、シャムも一緒ではある。

何でも今年の初等部の一年生は、男子と女子が丁度十五人ずつなので、男女ともに、誰かは一人部屋になるそうだ。

尤も僕の場合は、シャムの存在があるから、マダム・グローゼルやエリンジ先生が気遣ってくれたのだろうけれども。

「なかなかいい部屋じゃないか。食事も美味かったし、村にいるより全然いいな」

空いたベッドに飛び乗って、シャムがそんな事を言う。

暢気でいいなぁ。

確かに食事は美味しかったけれど、僕は結構大変だった。

でもそんなシャムは隙だらけで、僕はサッと彼を抱え上げると、背中に自分の顔をうずめて大きく息を吸う。

つまりは、そう、癒しの猫吸いだ。

「わっ、馬鹿！　それはやめろ！　くすぐったいって!!」

シャムは口では嫌がるが、全力で抵抗するような事はない。

多分、今日は僕が本当に疲れてて、癒しを求めてるんだって、わかってくれているのだ。

まぁ、それでもあんまりしつこく吸い続けると、へそを曲げられるから程々にはするけれど。

これから先も、このウィルダージェスト魔法学校での生活は色々あるだろうが、シャムも一緒に居てくれるから、きっと乗り越えて行けると思う。

◇◇◇

それから学校に慣れるまでの一ヵ月は、瞬く間に過ぎて行く。

友達……か、どうかはまだわからないけれど、親しく話す知人は幾人かできた。

具体的には、五人居て、一人は前の席の男子でクレイ。彼は北にあるノスフィリア王国の農村の出身だ。

二人目が隣の席の女子でシズゥ・ウィルパ。彼女は東にあるルーゲント公国の、男爵家の令嬢らしい。

三人目は後ろの席の男子でガナムラ・カイトス。彼は南のサウスバッチ共和国の出身で、貴族じゃないけれど家名がある。

しかもこの学校を卒業して魔法使いになれば、更にもう一つ名前を名乗る事が許されるんだとか。

別にあまり羨ましくは感じないが、本人はそれを目標に頑張っていて、明確に目指す物があるのは良い事だなぁって思う。

四人目は、別に席は近くないけれど、授業の合間に熱心にシャムに構いに来る女子がいて、名前はパトラ。

彼女はウィルダージェスト魔法学校があるポータス王国の、王都の出身なので、貴族ではないけれど都会っ子である。

シャムはあまり構われ過ぎると逃げるけれど、パトラの事は決して悪くは思ってないそうだ。

実際、彼女は良い子だと僕も思う。

猫好きに悪い人は、……皆無だとは言わないが、そんなにいない。

最後に五人目は、同じくポータス王国からだけれど、こちらは伯爵家の三男だとかいう、ジャックス・フィルトリアータ。

最初は物凄く高圧的に、シャムを自分に差し出せ、みたいな台詞を吐いてきたから、右ストレート一発で地に沈めた。

僕は暴力が好きって訳じゃないけれど、それでも許せない事の一つや二つはある。

また理不尽には、力で抗うより他にないとも、知っていた。

いやぁ、……正直、やり過ぎたかなって思ったけれども。

ただその後、医務室に運んで、二人揃って先生に叱られた後は、何故か不思議と打ち解けて、仲良くなった。

話してみると、まぁ、そんなにいい奴ではないんだけれど、別に悪い奴って訳でもなくて、しかし横柄な態度からクラスメイトには避けられていて、孤立気味だったようだ。

だからこそ、シャムが傍らに居るだけでちょっと目立ってる僕が妬ましかった様子。

まぁわかってしまえば、友人として付き合う事に支障はない。

ジャックスも、二度と僕からシャムを奪おうなんて思わないだろうし。


朝、目を覚ました僕は杖を手に取り、それを翳してこう口にする。

「集え、ケット・シーの抜け毛」

すると僕の杖の先に、シャムが部屋に昨日撒き散らした全ての抜け毛が集まって来て、それを箱に受け止めた。

これは基礎呪文の先生、ゼフィーリア先生にお願いして教えて貰った、収集の魔法だ。

本当に、あまりに便利で、この魔法を覚えてからは、毎日が魔法の偉大さに感謝する日々である。

ちなみに収集の魔法の使い道としては、川で砂金を集めたり、等が他にあるらしい。

この魔法の利点は、範囲内の、認識してない対象も集められる事。

逆に欠点は、重量制限が厳しく、生き物の身体に繋がった一部は集められない事だった。

具体的に言うと、小さな石ころは集められるけれど、岩は無理で、抜け毛は集められるけれど、身体に生えてる毛は無理といった具合になる。

これとは別に、大きな岩でも、木に生(な)った実も引き寄せられるけれど、対象を明確に認識しなきゃいけない魔法が別に存在していて、そちらに関しては一年の間には教えてくれるそうだ。

魔法で集めたシャムの抜け毛は、箱に纏めて取ってある。

実はこの毛も、ちゃんと加工すれば魔法の発動体にできるらしい。

もちろん普通の猫だと無理なんだけれど、シャムは妖精、魔法生物であるケット・シーだから。

特別な油を塗って、縒(よ)って糸にして紐(ひも)にして、ミサンガでも編めば、予備の魔法の発動体が作れるだろう。

その話をすると、シャムは割と嫌がったが、魔法の発動体を買ったら幾らになるかを説明したら、やむを得ないと認めてくれた。

魔法の発動体は、正直、本当に高いのだ。

今のところ収入が全くない僕には、とても縁がない物になる。

学校にも慣れて来たし、そろそろ何らかのアルバイトをしてみようとは思ってるが、材料が手に入って魔法の発動体が作れるなら、それに越した事はない。

「おはよう、キリク。今日は何の授業がある日だっけ？」

大きく口を開けて欠伸(あくび)をしながら、シャムが僕に問う。

その言葉に僕は脳裏で授業予定を思い出しながら、

「戦闘学と、錬金術だね」

そう答えた。

一年の間は授業は五種類しかなく、基礎呪文学、戦闘学、錬金術、魔法学、一般教養のみである。

一つずつどんな授業なのかを説明していくと、基礎呪文学はとにかく色々と呪文を覚えていく授業だ。

多分単純に魔法が使える人になるには、この授業だけで十分じゃないかと思う。

戦闘学というのは、その名の通りに戦い方を学ぶ授業だ。

何でも、魔法が使える＝強いって訳じゃないらしく、これを＝にするのが戦闘学の意味なんだとか。

但し戦闘学で得られる強さは主に人に対しての強さだから、普遍的な強さに関しては、自分で模索して見付けて欲しいと、戦闘学のギュネス先生は言っていた。

具体的には、以前に北の国を滅ぼし掛けた悪竜は、魔法使いが何十人居ても勝てないが、それを封印したマダム・グローゼルには、戦闘学を修めた魔法使いが十人で囲めば勝てるらしい。

しかし本当に優れた魔法使いは、そもそも自分を害する魔法使いに囲まれるなんて状況には陥らないそうだ。

つまり単に魔法が使えたり、素早く動けたり、力持ちだったりする事だけが、強い訳じゃないって話だろう。

例えば人を金で雇えるのだって、金力というくらいだから強さの内である。

まぁ戦闘学を学んで得られるのは、単純な強さの方なのだけれど、もちろんそれは決して無駄にはならない。

錬金術は、魔法の品を作る授業だ。

魔法生物の身体の一部や、魔法の影響を受けて育った木々の葉や種等は、魔法に強く親和性があった。

それ等を素材に使う事で、個人の魂の力だけでは届かない現象を引き起こしたり、長時間の魔法の維持を行えるのが、錬金術のメリットなんだとか。

寮で働く魔法人形も、この錬金術で生み出された存在である。

本来なら術者が確認しながら一つ一つの動作を人形に取らさなければならないところを、魔法人形は自ら周囲を認識し、最適な動作を判断して動く。

それどころか長く稼働してる魔法人形には、人格のようなものすらあるそうだ。

あぁ、魔法人形に関して、一つ失敗した事があるんだけれど、寮で毎朝洗濯物を回収に来てくれる魔法人形の14番、僕が付けた愛称はジェシーさんなんだけれど、実は魔法人形に愛称を付けるのは、あまり良くない事らしい。

というのも、名付けというのは人格の形成を補強するそうで、まだそれが完成してない魔法人形は、名付けてくれた人に強く執着するようになってしまう。

幸い、ジェシーさんはもう本当に長く稼働してる魔法人形で、僕に名付けられても、今更人格に大きな影響は多分なかった様子だけれど、これが若い魔法人形なら、或いは監禁事件に発展した可能性だって、決して皆無ではないのだとか。

普通に怖い話だった。

うん、まぁ、話を戻して、次は魔法学だけれど、これは魔法に関わる知識を全般的に学ぶ授業だ。危険な魔法生物の話とか、魔法使いを酷く敵視する宗教がある事とか、過去に魔法使いが引き起こした重大事件なんかを、教えてくれる。

いや、多分まだ前半だから、危険に対する注意喚起の割合が多いだけで、後半になればもっとこう、ユニークな魔法生物の話とかが増えると思う。

最後に一般教養は、ポータス王国とサウスバッチ共和国の政治形態の違いやら、歴史やらを、雑多に教えてくれる授業だった。

生徒の大半は、魔法使いになっても、結局はそうでない人に囲まれて生きていく事になる。

故に魔法使いではない物の見方、魔法とは関係のない知識も、大切になるのは当たり前の話だ。

そういえば僕はこの授業で、自分の住んでたケット・シーの村が、実はポータス王国ではなくて、ジェスタ大森林という、国が保有するには大きく、また危険過ぎて独立した場所にある事を知った。

ウィルダージェスト魔法学校は異界にはあるけれど、一応はポータス王国の国土に存在してる事になっていて、その周辺国は四つ。

北がノスフィリア王国、東がルーゲント公国、南がサウスバッチ共和国、北西がクルーケット王国だ。

この五ヶ国は同盟を結んでて、それを仲介、成立させたのがウィルダージェスト魔法学校である為、ウィルダージェスト同盟と呼ばれる。

尤もこの世界の戦争は、隊列を組んで槍を構えてって感じらしいので、そこに魔法使いの集団が出てきて同盟を組めって言われたら、断れなかっただけかもしれないが。

ちなみにジェスタ大森林はポータス王国の南西、クルーケット王国の南にあって、一つの国くらいの大きさがあるんだとか。

そこまで僕を探しに来てくれたエリンジ先生は、本当に苦労したんだろうなぁって、そう思う。

他にもウィルダージェスト同盟に敵対的な国が、ルーゲント公国の更に東の、ボンヴィッジ連邦らしい。

まぁ、授業は、概(おおむ)ねそんな感じである。

寝間着から制服に着替えていると、コツコツとドアをノックする音がした。

どうやらジェシーさんが、洗濯物の回収に来てくれたらしい。

ドアを開け、お礼を言って洗濯物が入った籠(かご)を渡すと、ジェシーさんは手を伸ばし、僕の頭を撫(な)でてから去っていく。

後は、食堂で朝食を食べれば、朝の準備は完了だ。

戦闘学の授業は汚れてもいい体操着に着替えるから、最初の授業が戦闘学だと、なんでわざわざ一度制服を着なきゃいけないのか、これがちょっと面倒で不満である。

「シャム、行こう」

手を伸ばせば、僕の腕を通り道に、シャムが肩へと駆け上がった。

さぁ、今日も一日、頑張ろう。

◇◇◇

「ホラ、のろのろするな！　走れ、走れ！」

戦闘学の教師、ギュネス先生の掛け声に従って、グラウンドを駆ける。

クラスメイトの走る速さや持久力はまちまちで、意外な事に貴族の子であるジャックスは、足も速いし体力もあった。

何でも幼い頃から、剣術やら乗馬やら、身体を使う習い事をしていたのだとか。

他には、農村の出身のクレイは体力がある方で、逆に都会のパトラは、見ていて可哀想になるくらい、走るのが辛そうだ。

でも魔法使いであっても体力は大事だから、身体は鍛えろってギュネス先生の言葉は正しいと思うので、何とか頑張って欲しい。

ちなみに僕は、クラスでもトップクラスに足は速いし、体力もある……、というか、正直に言えば断トツであった。

まぁ、ケット・シーとの追い掛けっこに比べれば、グラウンドを走るのなんて大した事じゃなかったし。

だから授業としては、戦闘学が一番、付いて行くのは楽だった。

逆に最も苦労してるのは、一般教養の授業だ。

エリンジ先生に一ヵ月教わって、ある程度の準備はしてたけれども、付け焼き刃の知識ではどうしたってボロは出る。

その為、あまり関わりがないクラスメイトからは、僕は魔法の使える野生児、みたいな評価を受けているらしい。

少し心外ではあるけれど……、残念ながら妥当と言えば妥当な評価だろう。

もちろん、戦闘学の授業は走るばかりじゃなくて、人に向かって魔法を撃ち、撃たれた魔法を防ぐという訓練もちゃんとやってる。

ギュネス先生からは既に三種類の防御の呪文を教わっていて、それを上手く駆使すれば、基礎呪文学で習う範囲の魔法は殆ど防げるそうだ。

そしてその三つとは、一つは貝の魔法。

これは周囲に障壁を張って、貝のように閉じこもる魔法だ。

障壁は上下前後左右の全て、全面を守ってくれて、尚且つ防御力も非常に高い。

但し貝の魔法を発動してる間は、身動きは取れないし、こちらからの攻撃も不可能となる。

二つ目は盾の魔法。

これは盾のように前だけを守ってくれる障壁を張る魔法で、放たれた魔法に対してしっかりと障壁を向ける必要はあるけれど、障壁を維持したままに移動もできる。

また二つ以上の魔法の発動体を持っていれば、例えば左手の発動体で盾を使い、右手の発動体で攻撃の魔法を行使する……、なんて真似も可能らしい。

尤もそれは、初等部の一年生の範疇(はんちゅう)ではないそうだけれども。

三つ目は鎧の魔法で、これは身体全体を保護してくれて、使用しながら動ける代わりに、防御力はそんなに高くないって魔法だった。

こういうとあまり有効に思えないかもしれないけれど、鎧の魔法をかけてるだけで、不意打ちで命を落とす危険はグッと減る。

或いは毒ガスのような、盾の魔法では防げないけれど、貝の魔法を使って動けなくなっても解決できない状況に対して、この鎧の魔法は効果的だ。

この三つの使い分けを、ギュネス先生は重点的に教えてくれる。

なんというか、戦闘学の授業は、戦闘を学ぶというよりも、戦闘から生き残る為の術を、教えてくれてるような気がした。

それが、ウィルダージェスト魔法学校の方針なのか、ギュネス先生の方針なのか、一年生のカリキュラムだからなのかは、わからないけれども。

戦闘学の後に錬金術の授業があると、生徒は皆、教師のクルーペ先生に、汚れ落としの魔法薬を振り掛けられる。

この魔法薬がミントを強烈にしたような匂いがするので、戦闘学の後の錬金術の授業では、シャムは僕に近寄らず、教室の一番後ろのロッカーの上に避難してしまう。

というかどう考えても、汗に塗れて土にも汚れる戦闘学の後に、薬草を調合したりもする錬金術の授業があるのは、カリキュラムの組み方がおかしい。

恐らくクルーペ先生が、汚れ落としの魔法薬を、生徒に使いたいだけなんじゃないだろうか。

だってこのクルーペ先生ときたら、シャムにも何かと魔法薬を使いたがるし。

もちろん毎回、逃げられてはいるけれど。

ただ、錬金術自体は、とても面白い。

この一ヵ月間、基礎呪文学の授業では、魔法を覚えるのに苦労をした事はないのだけれど、錬金術は毎回苦労をしてる。

魂の力と感覚でどうにかなる呪文と違って、錬金術は素材と魔法の相性や、その特徴を引き出す方法、つまり知識が重要だからだ。

だけどその難しさの分、望む物をちゃんと作れた時の達成感は、とても大きい。

また錬金術はその場限りの魔法と違って、作った物が残るというのも素敵なところだった。

僕が今後、どんな魔法使いになるのかはわからないけれども、今、最も心を惹(ひ)かれてるのは、錬金術だろう。

もしもその道に進んだなら、猫が長生きできるペットフードとか、猫アレルギーを治せる魔法薬を作りたい。

そして雨を降らせる魔法とかに乗せて、世界中から猫アレルギーを消し去るのだ！

……なんて話をしていたら、クルーペ先生に聞かれて、僕は水銀科に行くべきだと強く強く勧められ、或いは勧誘された。

高等部になると三つに分かれる科の中でも、水銀科は特に錬金術を専攻する科で、クルーペ先生もそこの出身なんだとか。

その事実一つで、水銀科への好感度が少し下がってしまうのだけれど……あぁ、そういえば、この学校に初めて来た時、出会ったシールロットという先輩も水銀科だったような気がする。

あの先輩は凄く素敵だったし、クルーペ先生で下がった分は取り戻せそうというか、意外とまともな所かもしれないって、思える。

クルーペ先生も悪い先生では、ないとは思う。

髪はぼさぼさで、服はよれよれだけれど、清潔だった。

多分あの魔法薬を、自分も常用してるのだ。

酷く痩せているけれど、ちゃんと食べているのかは、割と心配になる。

食堂のご飯は美味しいから、食べてないなら勿体(もったい)ないなぁと思う。

分厚い眼鏡(めがね)をかけているから表情は読み取り難いが、多分顔立ちは整った女性だ。

あぁ、そう、この世界で、眼鏡をかけてる人を見掛けたのは、彼女が初めてだった。

それから、錬金術の教え方はとても熱心である。

時々、話す内容が別の、それも凄く高度で、僕らがまだ理解のできないところにすっ飛ぶけれど、錬金術への熱意というか愛情は、これでもかってくらいに伝わってくる。

クルーペ先生の熱意の一端に触れたから、僕は錬金術を面白いと感じてるんだろうなぁとは思うし。

そして何より、今の僕の実力じゃなくて、僕が錬金術でしたい事を聞いて、評価をしてくれたというのは、思いのほか嬉しかった。

……いい先生だと、思うんだけどなぁ。

僕はともかく、シャムに魔法薬を使いたがるところを除けば。

いやでも、うん、錬金術という繊細な作業の場に猫がいたら、普通は追い出すし、何らかの魔法薬で対処しようというのは、寧ろ穏当なんだろうか。

そんな気がしてきた。

まぁ、様子見をしよう。

僕はまだ一年生だし、急いで先を決める必要はない。

どんな道を進むのかは、もっと学校を、それから先生達の事も理解してから、決めればいい。

概ね、今は毎日がとても楽しく、満足してるのだから、それで十分だ。

◇◇◇

季節は少しずつ、春めいてきた。

ウィルダージェスト魔法学校の一年は、冬に始まり、冬に終わる。

具体的に言うと、年末年始と共に学年が切り替わる形だ。

正直これは、僕にとっては違和感が大きい。

なんといっても僕の感覚だと、学生の一年って、春に始まって春に終わる物だったから。

あぁ、でも、僕が以前に生きた世界でも、外国の学校は夏の終わり、秋の始まり辺りに学年が切り替わってたっけ？

そちらに比べると、年末年始って区切りは、まだわかり易くはある。

いや、寧ろ以前に生きた世界と同じく、冬に一年が終わり、新しい年が始まると定められている事に、疑問を持つべきだろうか。

考えても、答えなんて見付かりそうにはないけれど、いずれ図書館で、その謂れを調べてみるのもいいかもしれない。

ちなみに図書館の利用も生徒は無料で、これは収入のない僕には本当にありがたい話だった。

普通、この世界で図書館を利用しようとすると、それなりのお金が必要になるし、そもそも身分によっては利用ができない場合も多いらしいから、ウィルダージェスト魔法学校は、本当に恵まれた環境である。

ただクラスメイトの多くは、休日はポータス王国の王都に、魔法の馬車で遊びに行ったりしてるから、それはちょっと羨ましい。

寮監に相談すれば、魔法学校でのアルバイトを紹介して貰えるらしいから、そろそろ何か探そうか。

まぁ何にせよ、三月に入れば春にも近い。

すると幾つかの授業でも、これまでとは少し違いが出始める。

具体的には、錬金術と魔法学の授業で、前者は錬金術で使う素材の採取の為に、後者は実際に魔法生物を目の当たりにする為に、ウィルダージェスト魔法学校の周囲にある森に、足を踏み入れるようになったのだ。

この魔法生物を見る授業を、クラスメイトの中で最も楽しそうに受けているのは、僕と仲の良い知人……、そろそろ友人って呼びたいけれど、その一人であるパトラであった。

授業の合間に、飽きる事なくシャムに構いに来る彼女だけれど、どうやら猫だけじゃなくて、生き物全般が好きらしい。

森に向かう足取りも軽いパトラの姿を見ていると、僕も自然と気持ちは上向く。

いや、別にパトラの事がなくっても、森に入って魔法生物を見る授業は、とても楽しいのだけれども。

あぁ、もしかすると傍からは、僕もパトラと同じように見えるのかもしれない。


「水よ、在れ」

僕が呪文を唱えて杖を振ると、どこからともなく水が現れて、近付きつつあった魔法生物が、急に湧いて出た水の気配に、サッとこちらと距離を取る。

今日、魔法学の授業で観察する魔法生物は、燃えるたてがみを持つ馬、ファイアホース。

断じて消火用の、水を掛けるホースじゃない。

ファイアホースのたてがみは、空気に触れると炎を発し、彼らが走るとたなびくように炎が流れる。

その為、森の中でも特別な、燃えにくい木々が生育してる地域に暮らしてて、個体数は多くないそうだ。

先程やって見せたように、急に水の気配を感じると、自らのたてがみの炎が消える事を嫌って、距離を取るって習性があった。

別にたてがみの炎が消えたからって死ぬ訳じゃないし、生き物である以上は水を飲む必要だってあるのだろうけれど、不意に水を掛けられるのが嫌なのだろう。

雨の日なんかは、大変そうだ。

以前は平野に暮らしていたそうだが、たてがみが燃えてるファイアホースは、その皮もまた特別製で火を通さない為、それ目当ての乱獲が相次ぎ、個体数が著しく減少したのだとか。

故にこの辺りでは、ファイアホースはこのウィルダージェスト魔法学校に隣接する森と、ジェスタ大森林以外で見かける事はないと、白髪のお爺(じい)ちゃん、魔法学のタウセント先生は言う。

僕はファイアホースを見た事はなかったのだけれど、実はシャムはその存在を知っていて、

「あぁ、たまに森を火事にしちゃう馬か。まぁ迷惑なのは迷惑だけど、自分が燃えてたらしょうがないよね」

なんて風に、小さく呟(つぶや)いていた。

ちょっと規模の大きなおおらかさで、笑ってしまう。

妖精的には、木々が燃えた後にはまた新しい芽が生えて来るから、それはそれで構わないそうだ。

森の新陳代謝って扱いなんだろうか。

パトラは、ファイアホースの個体数が減ったいきさつには、物凄く憤っていたけれど、……僕は、仕方のない話だとも思ってしまった。

人だけでなく生き物は、自らがより良く生きる為に他者を食い物とする。

それはきっと、前に生きた世界も、今、この瞬間に生きてる世界も変わらない。

多くの肉食獣は、傷を負う事なく獲物を狩る為、狙う相手を選べるならば、親ではなく弱い子を狙う。

托卵をする鳥もいれば、群れの最も強いオスが、全てのメスを独占する獣も少なくなかった。

ファイアホースを仕留めた狩人は、きっと大金を得ただろう。

そのうちの幾人かは、得た金を酒や賭け事に使ってしまったかもしれない。

しかし幾人かは、得た金で無事に子を育てたのかもしれなかった。

僕にはそれが、必ずしも、絶対に悪い事だとは、言えやしないから。

ウィルダージェスト魔法学校も、単に善意だけで、絶滅しそうな生き物を保護してる訳じゃない筈だった。

錬金術の授業でも、夏前にはファイアホースのたてがみを、燃えぬ手袋等の道具を使って刈り取り、素材にするって話は聞いていた。

その方が、ファイアホースも夏が過ごし易くなるらしい。

また寿命や怪我で死んだファイアホースに関しては、やはり埋葬の前には皮を素材として得る。

パトラの怒りは優しく、尊い。

だけど同時に、視野は狭く、幼稚でもあった。

年齢的な物もあるかもしれないし、王都育ちだからかもしれない。

田舎(いなか)に暮らせば、色んな生き物を見慣れてたり、或いは家畜を絞めて食事とした経験だって、多いと思う。

僕もケット・シーの村では、狩られた獲物を捌(さば)く手伝いはしょっちゅうしてたし、大きな兎(うさぎ)を自分で仕留めた事もある。

いや、決してパトラを馬鹿にしてる訳じゃなくて、寧ろ彼女の純粋さは貴重なのだ。

美しく炎がたなびく様に素直に感動して、いきさつに憤って、最初は警戒してたファイアホースに、授業が終わるまでには幾分近付けたと、喜んで僕に教えてくれる。

パトラと一緒にいると、僕も素直な目でファイアホースを見られるように感じられて、とても嬉しい。

やがては彼女も色々な事情に触れて、物の見方も変化していく。

しかしその優しさは、何時までも失わずにいて欲しいと思う。

同じ生き物が好きな仲間、或いは友人として。

◇◇◇

一般教養の授業を熱心に受けてるクラスメイトは、あまりいなかった。

それは一部の子にとっては今更な話が混じるせいかもしれないし、そもそも魔法に関係のない事に関しては、興味が持ちにくいからなのかもしれない。

科目を担当してるヴォード先生もそれはわかってるらしくて、皆が話を聞いてなくても無駄口を叩かなければ叱らないし、時々行う質問に生徒が答えられずとも、あまり気にせず授業を進めていく。

なんというか、非常にドライな態度の先生だ。

見た目はエリンジ先生より少し年上の、びしっとした感じの紳士だから、ちょっと冷たくすら感じもする。

個人的には、僕はこの世界に関する情報が殆ど入って来ない生活を送ってたから、授業の内容も興味深い。

例えば、今話してる授業の内容は、ポータス王国と周辺諸国の貴族制度の違いに関して。

ポータス王国の周囲には四つの国があり、その一つであるサウスバッチ共和国には、そもそも貴族が存在しない。

しかし貴族制度が存在する国にも、実は細々とした違いがあって、ポータス王国の貴族は王の親族である公爵、それから偉い順に、侯爵、伯爵、子爵、男爵と続く。

まぁこの子爵と男爵に関しては、子爵は侯爵や伯爵の領地の一部を治める代官であったり、王都で役人として働く法服貴族が任じられる爵位だったりするので、小さくとも自前の領地を有する男爵と明確にどちらが上とは言い難いらしいが、建前（たてまえ）上はその並びだ。

だがこれが東の隣国であるルーゲント公国になると、国のトップが王ではなく公なので、公爵は存在せず、ついでに侯爵もいないらしくて、伯爵、子爵、男爵と続き、更に準男爵、騎士爵までが貴族として扱われる。

実に面倒臭い。

公を王にして、全てを二階級ずつ上げればいいのにって思うけれど、きっとそうもいかない理由があるのだろう。

恐らく、ルーゲント公国はウィルダージェスト同盟との関係が悪いボンヴィッジ連邦と国土を接している為、戦いの際に重要な騎士の待遇を、良くしておく必要があるんじゃないだろうか。

多くの騎士がボンヴィッジ連邦に寝返れば、ルーゲント公国は容易く食い破られる。

そうならぬよう、他の国よりも騎士の扱いを良くする事で、ルーゲント公国は彼らからの忠義を繋ぎ止めようとしている……、というのが僕の勝手な想像だ。

ヴォード先生の話から、こうした事情を想像するのは、これは意外に楽しい。

大抵の物事には何らかの理由や成り立ちがあって、それらは今の状況や、或いは歴史から見えてくる。

もちろん当事者からするとあまり気分のいい話じゃないだろうから、ルーゲント公国から来てる、それも男爵令嬢のシズゥには、そんな事は言えないけれども。

ちなみにルーゲント公国の貴族は、他の国では少し配慮がされて、爵位の扱いが良くなるそうだ。

例えばシズゥは、ポータス王国だと子爵の令嬢と同じくらいに扱われるだろう。

尤も、ウィルダージェスト魔法学校の中では、その身分にもあまり意味はないのだが。

そもそも彼女も、貴族扱いは喜ばないし。

さてそんな一般教養だが、前の席のクレイは、この授業を熱心に受ける数少ない生徒の一人だ。

いや、彼の場合はこの授業をというか、全ての授業に対して、少し心配になるくらいに熱心だった。

クレイはノスフィリア王国の農村の出身なので、僕と同じくこの手の知識を得る機会に恵まれなかった事は確かである。

だが彼は、この一般教養で得られる知識を面白く感じてるから熱心になっている訳じゃなくて、そうせざるを得ないから、努力して頭に知識を詰め込むのだろう。

この世界における農村の暮らしは、あまり豊かなものじゃないらしい。

村長や名主のような役割の、管理側の人間はそれなりに裕福だろうけれども、それはごく一部の話だった。

一般的に村に生まれた者は、その村から他に移り住む事は許されず、他の仕事は選べないという。

これは基本的に、生まれた時に定められた状況を覆す手段が殆どないって意味だ。

収穫を得られる土地の広さは限られるから、村は人を増やし過ぎる訳にはいかず、結婚が許されるのは家長となる長男のみで、次男、三男は実家で居候暮らしを強いられ、戦争が起きれば徴兵を受ける。

但し兵士となって何らかの功績を挙げれば、居候の生活を脱する事が叶（かな）うかもしれないので、命の危険と引き換えにはなるけれど、状況を変える大きなチャンスでもあるらしい。

そしてクレイは、そんな農村で、三男として生まれたという。

自分の未来に希望がない事は、十二にもなれば既に実感もしていた筈だ。

しかしある日、唐突に、魔法使いになれるという、想像もしなかった未来が彼には開けた。

兵士になって手柄を立てるよりも、ずっと高くに飛躍できるだろう未来が。

そこで必死にならない理由が、果たしてあるだろうか。

当然、僕はそれに関して何を言う資格も持たないし、口を挟む心算はない。

基本的には、とても良い事だと思うし、応援したいくらいだ。

ただ最近のクレイは、その熱意が少し空回りしてるようにも見えて、心配になる。

張り詰めた糸は、切れる時はあっけない。

魔法学校という、農村とはあまりにも違い過ぎる環境で、全く縁のなかった知識を頭に詰め込むのは、恐らく本人が思う以上に、ストレスが掛かっている筈だった。

僕にはシャムがいるけれど、クレイは一人でここに来てるから。

何か、力になれる事はあるだろうか。

鬱陶（うっとう）しいと思われない程度にこちらから声を掛けるようにはしてるけれど、僕はあんまり話し上手な方じゃないし。

今のところは、学んだ事を互いに確認し合うのが、僕にできる最良に思えた。

効果は些細かもしれないけれど、積み重なれば馬鹿にはならないだろう。

今、仲良くなりつつある幾人かとは、やがて高等部になれば別々の科に分かれる事になる。

それは避けられぬ未来だけれど、より良くその日を、悔いなく迎える為には、やれるだけをやるべきだ。

きっと僕ならどうにかなる筈。

なんといっても僕には、シャムが付いててくれるから。

二章✦当たり枠

「うーん……」

四月に入ったある日、僕は卵寮の寮監が教えてくれた、低学年者向けのアルバイトの募集を纏(まと)めた掲示板を見ながら、何度目かの唸(うな)り声をあげる。

シャムの尻尾(しっぽ)の先端が、いい加減にしろ、早く選べと言わんばかりに、僕の頭を突っついた。

確かに、大急ぎで決めなきゃいけない訳じゃないけれど、悩むだけ悩んでまた明日ってやってる余裕は、もうあんまり残ってない。

僕にはなるべく早く、具体的には二週間後の休日までに、ある程度の金が必要な理由がある。

というのは、友人……、って呼んでもそろそろいいかなって思ってる、仲の良いクラスメイトの一人、ジャックスに王都での遊びに誘われたからだ。

僕が特殊な環境で育った為(ため)、無一文でこの魔法学校にやって来たって話は、実はある程度だがクラスメイトにも知られていた。

まぁ、それがケット・シーの村である事は流石(さすが)に伏せられているけれど、スカウトのエリンジ先生がわざわざ一ヵ月も掛けて事前準備をさせてから連れて来たというのは、かなり特別なのだと誰(だれ)でもわかってしまうから。

なので僕に小遣(こづか)いの類といった収入がないのは、ジャックスも当然ながら知っていて、彼は全(すべ)ての遊び代を奢(おご)ってくれる心算(つもり)だったらしい。

ただ、僕はそれは嫌だ。

いや、別に親の金で奢られるのが嫌とか、青臭い話じゃなくって。

伯爵とかいう、多分かなり凄(すご)い貴族、つまりは大金持ちに奢って貰(もら)うのが、チマチマとした遊びの金だというのが、嫌だった。

具体的には、どうせ大金持ちに奢って貰うなら、豪華な別荘への招待とか、王都の劇場の貸し切りとかして欲しい。

ジャックスにそう言ったら、彼は王都の劇場の貸し切りなんて王族でもなきゃ無理だって言うから、ボックス席で手を打つ事にする。

まぁそれでも三男である彼にはなかなか用意が大変らしく、ちょっと蒼(あお)い顔で何とかするって言っていた。

なら、友達に無理をして大きな物を奢って貰う以上、その日の他の遊び代は、なんとかお金を作ってでも、僕が全て持つべきじゃないだろうか。

僕はそう思う。

という訳で、それなりに稼げるアルバイトを探しているのだけれど……。

なんというか、思った以上に給金の多いバイトが幾つもある。

いや、それは都合の良い話なんだけれど、低学年者向けのアルバイトでこの金額って、命と引き換えの危険でもあるんだろうか。

その一つが、クルーペ先生の魔法薬の治験だから、当然ながらこれは無視するとして、……いや、同等に近い額を生徒が出して募集するアルバイトって、そっちの方がヤバいでしょ。

まだクルーペ先生なら、命は無事に済みそうな辺り、いいアルバイトなのかも？　なんて風にも考えてしまう。

実際には、本当に命の危険があるなら、アルバイトの募集を学校が仲介したりしないだろうから、精々が多大な恐怖を味わって、医務室に担ぎ込まれて治療を受けるくらいの筈だ。

ここの医務室は魔法での治療が行われるから、死んでさえなきゃ何とかなる可能性は高いし。

……うん、絶対に嫌だな。

取り敢えず、高額過ぎるバイトは見なかった事にしようか。

金額に心惹かれはするけれど、失う物が多そうだ。

最悪の場合は、クルーペ先生に集めたシャムの毛を売るのもありかなぁとか、ふと思う。

彼女は恐らく、シャムがケット・シーである事は見抜いているから、悪くない値で買い取ってくれる筈だった。

問題は、シャムが怒って拗ねて、三日くらいは口をきいてくれなくなりそうな事か。

致命傷である。

うん、自分でもどうかなって思う金策だし、やめておくべきだ。

普通のアルバイトを探そう。

こう、募集のリストも、詳細な情報にまで目を通すと、少しずつだが見えてくる事もあった。

まず、ちゃんと募集者の名前が書かれてる。

つまり調べれば、どんな人が何の為に人手を必要としてるのか、ある程度は調べられるのだ。

まぁ、僕にはその時間が足りなさそうだけれど、うん。

次に所属する科と、アルバイトの内容。

これには一定の傾向が見られる。

具体的には、水銀科の生徒が出してるアルバイトなら素材の採取や治験といった、錬金術に関する物が多く、黄金科の生徒が出すアルバイトは、古書の整理などが殆(ほとん)どだ。

黄金科、水銀科、黒鉄(くろがね)科には、それぞれハッキリとした特徴があって、この際だからそれもちょっと説明しておこう。

僕がもう少し悩む間の、時間潰(つぶ)しの為に。

全ての科には金属の名前が付けられているが、この金属の特徴が、科を象徴するとされている。

一つ目の黄金は、朽ちる事なく輝き続ける貴金属だ。

黄金科は、変わらぬ昔ながらの魔法使いの在り方を貴び、今は失われたとされる古代魔法こそが至高の魔法であったと説く。

故にその研究は、新しい魔法を開発する事よりも、古代魔法の欠片(かけら)を探し出し、その再現に心血を注(そそ)ぐ。

二つ目の水銀は、常温常圧で液状であるという珍しい特徴を持つ金属だ。

水銀科は、変化を常に模索する。

昔は、不老不死の薬として飲用された事もあるらしい。

尤もそれは誤りで、人間の身体には毒なのだけれども。

故に水銀科は特に錬金術を重視し、新しい何かを模索し、開発する事に喜びを覚える人が集まる。

その筆頭が、クルーペ先生なのだが、それはひとまず置いておく。

三つ目の黒鉄、つまり鉄は、力を象徴する金属といえるだろう。

その力とは、もちろん武器、戦闘力も意味するし、工業力や、その他諸々、多くの意味を含んでる。

実際、もしも今、この世界から鉄が消えれば、家は釘がなくなって崩れて、武器の刃は失われ、人々は雨風や獣、自然の驚異から身を守る術を失う筈だ。

まぁ、青銅が使われるようにはなるんだろうけれど、少なくとも一時的には。

つまり力とは、人の営みを支える力を意味してた。

故に黒鉄科は、戦闘学に重きを置くきらいはあるが、基本的には即戦力となる人材を育てる事を目指してる。

ある意味で、現世利益の追求が本分といえる科かもしれない。

実際、高等部で一番人が多く所属するのは、黒鉄科って話だった。

こうして寮の特徴も踏まえて、再度アルバイトの募集を見ると、……黒鉄科から出てる仕事は、単に本当に人手が、労働力が欲しいんだなって思うものが多い。

そして黄金科や水銀科は、仕事を通して初等部の生徒に、古代魔法の探求や、錬金術の魅力を伝えようとしてるんじゃないかって内容も、チラホラある。

もしかすると、そうした仕事を出してる高等部の生徒は、初等部の頃に、同じように先輩が出してるアルバイトを受けて、どの科に進むのかを決めたのかもしれなかった。

いやまぁ、本人の希望と適性が、必ずしも合致するとは限らないのだけれども。

んー、どうしようかなぁ。

そんな風に考えると、正直、黒鉄科の出してるアルバイトには、あまり魅力を感じなくなった。

もちろん、そうした労働にも意味はあるし、学びはあるし、それを通して先輩と親しくなる事だってあるとは思う。

だけど僕には、その手の労働をした経験はなくても、記憶という知識はある。

とあるレストランで、ひたすらに皿洗いをしたり、簡単な調理補助をして、同じアルバイトの人達と仲良くなったたって、随分と懐かしい記憶が。

もう、頑張って記憶の底から探って来ないと、すぐには思い出せない、記憶だけれども。

……まぁ、うん、なので今はそれよりも、真新しい経験をしたい。

やっぱり錬金術が面白(おもしろ)いかなぁと思うのだけれど、古代魔法にも興味はあるのだ。

確かマダム・グローゼルやエリンジ先生は、黄金科の出身らしいから、先生への好意で言えば、そちらに凄く傾くし。

そんな風に考えた時、ふと、アルバイトの募集を出してる生徒の名前の一つが目に付いた。

水銀科、シールロット。

あぁ、この名前、魔法学校に来た初日に、旅の扉の泉で出会った先輩だ。

この学校に来て、初めて耳にした名前だから、凄くはっきり覚えてる。

クルーペ先生を見て、ヤバいなって思った水銀科の印象を、一人で回復させてくれてる先輩だった。

……よし、これにしよう。

散々迷って悩んでたのに、その名前を見た途端、不思議と一瞬で僕はシールロット先輩のアルバイトを受ける事に決める。

内容は、素材の採取と助手。

うん、治験じゃないな。

素材の採取はともかく、錬金術を扱う場所に、シャムを連れて行けるかどうかがネックだが、そこは、直接聞いてみようか。

「すいません、あの、この方の出してる仕事の募集に、応募をしたいんですけれど」

僕はすぐに寮監を呼び、応募の希望を告げた。

シャムは何か言いたげだったが、近くに寮監が来てるから、声を出すような真似はしない。

部屋に帰ると、多分からかって来るんだろうけれど。

違うよ。

別に下心から、アルバイトを受ける訳じゃないよ。

確かに素敵な先輩だとは思ったけれど、アルバイトを受けるのは、そんな色気付いた理由じゃない。

一番大きな動機は、高等部とはいえ一年生が、つまり僕と二歳しか変わらないのに、当たり前のように旅の扉を使いこなしてたあの先輩が、一体何を錬金術で作ってるのか、それが気になったのだ。

基礎とはいえ、呪文(じゅもん)を幾つも覚えるようになって、あの旅の扉を使って遠くに移動する魔法が、どれだけ高度なものだったのかを、薄っすらとだがわかるようになった。

目に見える範囲よりもずっと遠くに移動する魔法は、そのイメージを持つ事は、無から水や炎を生み出すよりも、翼なしで大空を飛ぶよりも、間違いなく、ずっとずっと難しいから。

僕はあの、シールロットという先輩の事が、とてもとても気になっている。

◇◇◇

「あっ、あの日に会った、キリク君、だよね。お久しぶり。君が私の出した仕事を受けてくれる子でいいの?」

次の日の授業が終わった後、水銀科の校舎、通称、水銀棟を訪れた僕を出迎えてくれたのは、やっぱりあのシールロット先輩だった。

向こうも僕を覚えていたらしく、親し気に、あの時よりも随分と砕けた口調で声を掛けてくれた事に、少しホッとする。

見知らぬ先輩ばかりの場所に来るのは、やっぱり結構、緊張してたから。

「シールロット先輩、お久しぶりです。はい、その通りです。よろしくお願いします。あの、この子も、シャムも連れて行っていいでしょうか。錬金術の授業は、一緒に受けているんですけれど」

向こうが名前を憶えてくれてた事には少し驚くが、寮監が予め応募の連絡を取った時、それも伝えておいてくれていたんだろうか。

流石に一度会っただけの名前の生徒を、直接名乗った訳でもないのに、覚えているとは考え難いし。

いや、もちろん、覚えてくれてたりしたら嬉しいけれど、そこまで自惚れるのは、ちょっと無理だ。

僕の場合は、ここに来て初めて名前を知った相手だからって理由はあったけれど、シールロット先輩にとっては、単に多くいる後輩の一人だろう。

「なるほど、可愛いし、賢そうな、不思議な猫だね。クルーペ先生が許可を出してるくらいなら、いいよ。でも錬金窯には近づかないでね。危ないし、悪戯したら、そのまま煮込んじゃうから」

僕の言葉に、シールロット先輩は悪戯っぽく笑って、ちょっと脅すようにそう言った。

ただ、その視線は、僕にではなく、シャムに向けて。

……流石に、ケット・シーだとまでは見抜いた訳じゃないと思うけれど、シャムが何らかの魔法

生物であるとは、見抜いたのかもしれない。

シャムがその視線に、僕の襟元からケープの内側に潜り込んで逃げる。

ちょっと新鮮な反応だ。

面白い。

「あはは、振られちゃったね。でもまさか、一年生が応募して来るとは思わなかったなぁ。何か、お金が必要な理由でもあるの？　あ、一年生でも、君なら良いよ。きっと今年の、当たり枠の子だろうし」

逃げたシャムにシールロット先輩は楽しそうに笑い声をあげてから、気になる事を二つも言う。

アルバイトって、一年生向けの募集じゃなかったのか。

それから、僕が当たり枠って、何？

聞いてしまって、いいんだろうか。

いや、ちょっと聞くのは怖い気もするが、放っておくのも気になって嫌だ。

「えっと、二週間後なんですけど、友人に遊びに誘われてて、でも僕はちょっと事情があってお小遣いとかないんです。でもちょっと遊ぶお金で奢って貰うのってなんか違うなって思ったから、劇場を貸し切るくらいのデカい事をしてくれって言ったら……」

ただ先輩からの質問に、質問で返すのは流石に失礼だと思い、まずはアルバイトをしようと思った理由、金が必要になった訳を話す。

ジャックスに、どうせ奢るなら豪華な別荘に招待するか、或いは王都の劇場を貸し切ってくれって言った話をすると、なかなかどうして、バカウケだった。

やっぱり、王都の劇場を貸し切るのって、そんなに大変なんだろうか。

前に生きた世界にも、大きな劇場はあったと思うけれど、観劇なんて縁がなかったから、いまいち凄さはわからない。

映画館くらいなら、大金持ちなら貸し切れると思うんだけれど、人がやるのは違うみたいだ。

「うん、うん、大丈夫。その辺りの感覚、わかるのは王都に住んでる人とか、貴族の人くらいだから、別に心配いらないよ。ふふ、でも、貴族の人に劇場を貸し切れって言った子は、私も初めて見たけどね」

僕の話を楽しそうに聞いて、シールロット先輩はそう言った。

あぁ、面白かったのは、そっちの方か。

「どうせ奢られるなら大きい事をしてみて欲しかったんですよ。でもボックス席を借りるのでも、ちょっと無理させてしまうみたいだから、その日の遊び代くらいは僕が出すんだって決めて、何か仕事を探してたんです。……あの、ところで、当たり枠って何ですか？」

ひとしきり説明を終えてから、僕は逆にそう問う。

当たり枠との言葉から察するに、悪い意味ではなさそうだけれど。

どうして僕がそれなのか、何故、これまであまり関わりのなかったシールロット先輩が、僕をそうだと判断するのか。

色々と気になる事は多かった。

「あーっ、そうだね。気になるよね。でも、このまま立ち話もなんだから、もうキリク君に仕事をお願いするって、私は決めたし、君が良ければ、私の研究室で話そうよ。もっと色々、キリク君の話も聞きたいし」

そしてシールロット先輩の言葉に、僕はまた首を捻る。

私の、研究室。

つまり、シールロット先輩は、もう個人で研究室を持っているって意味だろうか。

いやいや、そんな事ってあり得るんだろうか。

もちろん、嘘を吐くとは思ってないけれど、俄かには信じ難かった。

でも、確かに校舎のロビーで長々と話し続けるのは、僕もどうかと思うし。

僕は頷き、シールロット先輩に案内されて、水銀棟の中を歩く。

ケープの中から、ひょこりと顔を出したシャムの頬を、指で撫でながら。

◇◇◇

歩きながらも、他愛のない話は続く。

錬金術は好きか、とか。

錬金術で何をしたいか、とか。

他愛のないっていうか、錬金術の事ばかりだけれど。

ちなみに僕が錬金術でやりたい事は、猫が長生きできそうなペットフードの開発と、猫アレルギーを治す薬を作って、雨かなんかにして降らせて、この世界から猫アレルギーを消し去る事だ。どちらもケット・シーであるシャムには関係ないんだけれど、僕はケット・シーではなくとも、猫が好きだから。

いや、他の動物も好きだけれど、僕は特に、猫が好きだけれどアレルギーで触れないって人を、記憶の中にだけれど、知っていて、その事はずっと気になっていた。

この魔法のある世界なら、それも解決できるんじゃないかって。

「アレルギーって、忌避病の事かな。あれ、辛いらしいね。何だか壮大だなぁ。キリク君、クルーペ先生に気に入られてるでしょ」

なんて具合に、話しながら。

話の中でわかったのが、シールロット先輩はかなりクルーペ先生を、錬金術師とか、教師として尊敬してるんだなって事。

共通の知人がいないからというのはあるけれど、話の中に、クルーペ先生が出てくる割合が、かなり高い。

他には、この水銀科で自分の研究室を持つというのは、決して特別な話じゃないそうだ。

寧ろ高等部の二年生くらいになれば、殆どの生徒は自分の研究室を持ち、独自の研究を進めるという。

尤も、一年生の前半も過ぎてないこの時期に研究室を与えられてる生徒は、流石にシールロット先輩以外にはいないらしい。

つまりやっぱり、彼女は凄い先輩だった。

でもシールロット先輩は、自分は初等部の頃から水銀科に入ると決めてて、ずっと研究室を持つ準備を進めて来たから、高等部に入ると同時にその成果が認められただけなのだと言う。

そして僕もそれを望むなら、同じ事ができる筈だと。

一体、何故だろうか。

妙に、彼女からの評価が高い気がする。

さっきの、当たり枠というのが関係するのだろうか。

「さ、ここだよ。入って入って」

ふと、シールロット先輩が足を止めたのは一つの扉の前。

扉にはプレートが張ってあって、確かにシールロットって書かれてる。

開かれた扉の中に足を踏み入れると、広さは錬金術の授業で使ってる教室の半分くらいの、だけど個人で使うにしてはあまりに広い、立派な研究室だった。

中に招かれ、席を勧められた僕は、シャムがどこかへ行ったりしないように抱えて、腰を下ろす。

いや、ケット・シーであるシャムは部屋の中で好き勝手したりしないが、その辺りを知らない部屋の主(あるじ)には、配慮してるってポーズは必要だから。

何だか、錬金術の授業で使ってる教室と、雰囲気がとても似てる。

同じ目的で使う部屋だから、そりゃあ似てるのは当然だけれど、それ以上に、何か共通するところを感じた。

「えっと、当たり枠の話だね。ウィルダージェスト魔法学校からのスカウトって、色々種類があってね。手紙での誘いだったり、人が直接訪ねてきたりするんだけど。その直接スカウトに来る人も、実は何人かいるんだ」

僕の前に別の椅子(いす)を引っ張って来たシールロット先輩は、杖(つえ)を振って卓上に火を熾(おこ)すと、そこに瓶(びん)を掛けてから椅子に腰を下ろした。

あれは、他に机の上にあるのは、茶葉だろうか。

どうやらお茶を出してくれる心算らしい。

錬金術の研究室で出てくるお茶。

うん、相手がシールロット先輩じゃなかったら、謹んでお断りしてしまいそうだ。

しかしそれにしても、スカウトってエリンジ先生だけじゃなかったのか。

手紙での誘いがある事は、実は知っていた。

親しくしてるクラスメイトの中にも、手紙で誘われたからって言ってた人が、チラホラいる。

ただそれは、ポータス王国以外の、遠いところだからだろうって、勝手に思い込んでたのだけれど。

「そしてエリンジ先生って、今の校長先生の右腕、みたいな人でね。あの人に直接スカウトを受けた生徒って、優秀な生徒が多いの。多分、学校は何らかの方法で、魔法が使えそうな子供を発見すると同時に、その才能の多寡も測ってるんだと思う」

……なるほど。

そういえば校長のマダム・グローゼルと、エリンジ先生は同じ黄金科の出身だから、右腕のような存在と言われたら、そうなのかもしれない。

優秀な生徒って言葉にも、まぁ頷ける。

自惚れる訳ではないけれど、僕は今の段階の話ではあるけれど、呪文の習得に躓いた事はなかった。

なので自身の事に関しては、それはそうなのだろうと受け止められる。

「それでね、その一年で、一番最後にエリンジ先生がスカウトしてくる生徒は特に優秀な事が多いから、当たり枠って呼ばれるの。そうした生徒は学校に入る前にエリンジ先生が直接指導をしてたりして、魔法への興味を持たせるんだろうね。つまり学校が、絶対に手放したくない才能って訳」

なので続くシールロット先輩の言葉にも、あまり動揺はせずに耐えられた。

あの一ヵ月が、僕の特殊な事情に対する已むを得ぬ措置じゃなくて、魔法学校への勧誘の一環だったなんて。

でも、それも、恐らくシールロット先輩が言う通りなのだろう。

その事情を知ってから、あの一ヵ月を振り返れば、確かに思い当たる事は幾つもあった。

「そうした生徒の見分け方は、幾つかあってね。学校に皆よりも遅く、エリンジ先生が連れて入学してくる子は殆どこれ。一応、贔屓にならないように、エリンジ先生が教えてる期間は、入学を遅らせてるのかな」

だがそうした事情を知った上で、僕の中にあるエリンジ先生への敬意は、実は少しも変わらない。

そりゃあ、仕事だもの。

すべき必要があるなら、そうするだろう。

そしてそれでも、エリンジ先生が教えてくれた事の価値は、別に減ったりする訳じゃないのだ。

必要な事を沢山教えてくれたし、別に必要ではない、単に面白い話もしてくれた。

ケット・シーの村にスカウトに来たのがエリンジ先生じゃなかったら、僕は魔法学校に来なかったと思うし、今は来て良かったと感じてる。

多くのケット・シー達に囲まれる夢は、今でもたまに見るけれど。

まぁ、シャムは近くにいてくれるし、楽しい毎日が過ごせているから。

「他には、エリンジ先生を、先生って呼ぶ事。あの人に直接教わってる生徒って、当たり枠の他には滅多にないからね。多くの人はエリンジ先生を単なるスカウトの人とか、校長先生の密偵くらいにしか思ってないもの」

シールロット先輩は沸いた湯を使って二人分のお茶を入れ、一つを僕に渡してくれる。

もちろん、ちゃんとコップに入った奴を。

中身に息を吹きかけて冷ましてから口に運べば、僅かに甘い。

あぁ、でもこの話だと、つまりはシールロット先輩も、エリンジ先生に指導を受けた、当たり枠ってやつなのか。

だから高等部に上がってすぐに研究室を持てるくらいに、きっと彼女の学年では一番優秀で、同じ当たり枠の僕にも、その気になれば同様の事ができる筈だと言っていたのだ。

二年生を想定した仕事の募集だったが、一年生の僕でもいい、何故なら当たり枠だからって言葉は、……他の人の場合は優秀だろうからって意味になるんだろうけれど、シールロット先輩の場合は多分少し違う。

彼女の場合は、同じエリンジ先生に教えを受けた仲間だから、信用できるって意味なのだろう。

「うんうん、そうだよ。私も二年前の当たり枠。お仲間だね。私は孤児院で生活してたから、ここに来る前に何週間か、エリンジ先生が色々と教えてくれたんだ。あ、でも読み書きは院長先生が教えてくれてたから、前から一応できたんだよ」

楽しそうに自分の事も教えてくれるシールロット先輩に、僕は腕の中のシャムに、視線を落とす。

すると彼は僕を見上げて、一つ頷く。

ここまで話を聞いた以上、僕も自分がどのようにエリンジ先生に教わったのかを語りたい。

そして、話してもいいと、シールロット先輩が相手ならそう思えた。

だって僕と彼女はエリンジ先生を、先生と慕う仲間だから。

秘密は守ってくれるだろう。

◇◇◇

シールロット先輩のアルバイトを始めてから、少し時が経（た）った。

今のところ、アルバイトは、うん、とても楽しい。

学生として過ごす上で、先輩との縁というのは非常に有用な武器となる。

何故なら彼らは、僕らがこれから歩く道を、既に歩いて知っているからだ。

例えば躓き易い石がどこにあるのか、或いは普通なら見落としてしまいそうなショートカットの存在を、先に歩いた先輩は知っていた。

もちろん全てを先輩からの情報に頼ってしまうと、自分で物事を判断したり、調べたりする事を怠るようになるから、そこは気を付ける必要があるけれども。

「あー、そうそう、ギュネス先生の戦闘学の授業は、苦手な子には厳しいよね。私もあんまり得意じゃなかったから、魔法薬を持ち込んで怒られたなぁ。素の実力をつける授業だって。あ、でも、後期に行われる二年生との模擬試合では、魔法薬を使ってもいいんだよ」

なんて風に話しながら、シールロット先輩と素材の採取をしていると、自然と今後の授業予定が把握できた。

というか、戦闘学の後期は、二年生と模擬戦するのか。

それって、一体どんな苛めだろう。

新しい環境に来て数ヵ月の、初等部の一年生にとっては、教えて貰える情報の効果は、より顕著に表れる。

例えばこの学校って、前期とか後期があるのかって、今、この瞬間に気付いたし。

あぁ、じゃあ、前期の終わりには、試験もあるのかもしれない。

そう思って確認したら、シールロット先輩はよく気付いたと言わんばかりに頷き、頑張るようにって言われた。

授業の手応えから考えて、今の調子なら、そんなに酷い結果にはならないと思うけれど、もしもシールロット先輩に自慢できる結果を取ろうと思ったら、やっぱり努力は必要だ。

僕はアルバイトに来てるのだから、話にかまけて手元が疎かになっては話にならないから、それに関して考えるのは後回しだけれど。

仕事である以上、当然ながら給金が伴っている。

孤児院の出であるシールロット先輩にそのお金があるのは、錬金術で作った魔法薬を、クルーペ先生を通して学校に売ってるからだそうだ。

錬金術でお金を稼ぐのは、他にも方法があるそうだけれど、まぁそちらは追々知れるだろう。

今日、シールロット先輩に連れられて僕が森に採取をしに来たのは、半炭樹の花の蕾だ。

前に魔法学の授業で、ファイアホースを見に来た辺りの近くである。

半炭樹は、その名の通り、半分程が炭と化した、樹木だった。

まぁ、正直その説明だと意味不明だと思うのだけれど、半炭樹の花粉は空気に触れると燃え上がり、周辺の木々を焼き払うと同時に、半炭樹自身も焼く。

但し半炭樹は外側を焼かれても死んでしまう事はなく、炭と化した自身の身体を鎧とし、その内側を守ると同時に、広い土地を確保して大きく育つ樹木である。

いや、どう考えても生き物としてはおかしい気がするけれど、魔法生物の生態に疑問を持ってもキリがないので、そういう物だと納得しよう。

今はまだ半炭樹が花粉を撒き散らす開花の季節じゃないけれど、既に蕾は付いていて、その中には花粉の準備が着々と進んでる。

これを蕾ごと頂戴し、管理した環境下で開花させる事で、燃やさずに花粉を採取できるのだとか。

半炭樹の花粉の採取は、初等部の二年で教わる内容で、つまり来年の今頃の季節には、僕は錬金術の授業で蕾を採取に来るそうだ。

一年、授業を先取りしたお得感がある。

いや、もちろんそんな単純な話ではないだろうけれども。

「キリクなら、魔法なんて避けて殴れば勝てるだろ？」

無茶を言って来るシャムに、苦笑いしながら、僕は慎重に蕾を、炭と化した枝からほじり出すように、根元から切って採取した。

誤って蕾を破くような傷を付ければ、開花はできなくなるし、もしかすると既に中で花粉が出来ていて、大きな炎を発する可能性もある。

動作の一つ一つに、決して気を抜けない作業だ。

「クラスメイトが撃ってくる魔法は、まぁ、確かに頑張れば避けられるけど、相手は二年生だよ。そんな簡単にいかないでしょ。それに、殴って勝つのって、魔法使いとしてどうかなぁ」

一つの蕾の採取を終え、シールロット先輩に渡された布に包んで籠に入れてから、僕はシャムに言葉を返す。

どうやらシャムは、二年生が相手でも僕が勝てると思ってるらしい。

しかもパンチで。

まぁ手段を選ばずに相手を打倒するのなら、格闘で制圧するのは確かに有効だ。

魔法の撃ち合いは、こちらは魔法を使い始めて半年で、二年生はその期間が一年半。

相手はこちらの三倍の経験者って見方をするのが正しいだろう。

だけど殴り合いだったら、こちらは十二歳で、相手は十三歳。

同じ一年の差でも、意味合いは全く異なってくる。

でも別に、僕って格闘技の鍛錬を積んだ格闘家って訳じゃない。

相手に護身術の心得でもあれば、逆に倒されてしまうだろう。

「魔法を避けるって、キリク君そんなのできるんだ？　うーん、それはちょっと面白そうだから、見てみたいかも」

シャムに乗っかるような事を言うシールロット先輩に、僕は慌てて首を横に振る。

同い年のクラスメイトならともかく、一年上の二年生の魔法だって厳しいと思ってるのに、高等部である彼女の魔法なんて、尚更避けられる気なんてしない。

そりゃあ、シールロット先輩なら危ない魔法は使わないだろうけれども、避け損ねるなんて、格好悪いところは見せたくなかった。

僕が慌てて拒否する姿に、シャムも、シールロット先輩も笑う。

シャムは、とても機嫌が良さそうだ。

実際、これまでは部屋に帰るまでは黙ってる生活だったから、新しい話し相手ができた事が楽しいのだと思う。

このウィルダージェスト魔法学校にシャムが付いて来てくれたのは、彼と離れたくなかった僕の我儘(わがまま)である。

その結果、シャムに不自由をさせてしまってるのは、申し訳なく思ってるから、シールロット先輩という知り合いが増えて、本当にありがたい。

「よし、このくらいかな。一杯採れたねー。やっぱり一人でやるのとは早さが全然違うや。じゃあ、後はこれを私の研究室に運んだら今日は終わり。明日の開花も一緒にやってくれる?」

一杯になった籠を見て、シールロット先輩は満面の笑みを浮かべる。

仕事ぶりに、喜んで貰えたなら幸いだった。

明日もって言葉には、もちろん喜んで、僕は頷く。

予定は特になかった筈だ。

ジャックスと遊ぶ為のお金は多い方がいいだろうし、どんな風に花粉が採れるのかも気になるし、その花粉で何を作るのかも、気になった。

そして何よりも、折角得たこの縁を、もっと深めたいと思ってる。

だから僕は、不要になったと言われるまでは、シールロット先輩のアルバイトを続けるだろう。

◇◇◇

なるほど。

僕は一つ頷き、乗り出していた身を、柔らかなソファーの席に戻す。

するとちょっと尻(しり)が沈んで、自分で思ったよりも深く腰掛けてしまった為、もう一度座り直した。

観劇は初めてだったけれど、これは何とも、面白いというよりは、凄い。

その凄さは、音と迫力、……いや、何というべきだろうか、空間?にあるような気がする。

二階のボックス席だから、舞台との距離は決して近くはなく、しかしその距離こそが、オーケストラの向こう側にある、広い舞台を見回すのには丁度良いのだ。

劇場は、色々と計算されて作られた空間なのだろう。

距離と高さがあるからこそ、見渡し易く、響く音も増幅されている気がする。

役者も、単に演じているんじゃなくて、魅せようとしていた。

僕からすると、やや大仰なくらいに。

多分それは、好みの問題もあると思うんだけれど、しかしそれが、劇場の雰囲気にはマッチしてて、うん、やっぱり、面白いというよりは、凄いと感じさせられる。

ストーリーは、正直なところ、ツッコミどころが多いが、まぁ、それくらいの方が話の特色が際立(きわだ)って、楽しみ易くなるのかもしれない。

あぁ、実にいい経験だ。

今は幕が下りていて、きっとその向こうでは次のシーンに移る為に、役者と裏方が大急ぎで準備をしているところだろう。

シャムは、それが待ち切れないみたいで、席の前にある低い塀の上に座って、ジッと幕を見詰めてる。

「なぁ、もしかして、お前が別荘とか、劇場の貸し切りとか、ボックス席って言ってたのって、その猫を連れて来たかったからか？」

ふと、隣に座るジャックスがそう問うてきたので、僕はそちらに笑みを向けた。

当然ながら、その通りだ。

彼も随分と僕の事がわかって来たみたいで、嬉しい。

「うん、そうだよ。じゃないと入れないし。でも無理させてごめんね。親に怒られた？」

もちろん、僕が別荘や劇場に興味があった事、いや、まだ別荘には行ってないから、興味があるのも事実だけれど、シャムを連れて行けないなら、あまり魅力は感じないだろう。

それに人の文化への関心は、少し違った形の物をすでに記憶として知ってる僕より、シャムの方が強かった。

なので今日、ジャックスがこうして僕らを連れて来てくれた事には、本当に感謝してる。

「いや、いい。今、父上は領地だから、直接は会ってないし、手紙でクラスで一番優秀な学友と一緒に行くと伝えたら、寧ろ褒められたよ。優れた魔法使いとのコネは、貴族にとっても小さくないんだ」

でもジャックスは僕の言葉に首を横に振り、そう返す。

なんというか、大袈裟だなぁって気は、少しするけれど、彼が親に叱られてないなら、それは良かった。

実際に劇場に来て、スタッフに恭しい扱いを受けて案内されて、内装の整ったボックス席で観劇してると、これがどれ程に贅沢な事かってのは、流石にもう理解できる。

確かにジャックスは貴族だが、しかし実際に爵位を持ってるのは父親で、親は子の過度な贅沢は、叱るものだと思ったから、ちょっと申し訳ないなって思ってたのだ。

だけど、クラスで一番優秀な学友か。

うぅん、一番、なのかなぁ。

シールロット先輩には当たり枠とやらだって言われたけれど、他にも優秀なクラスメイトはいるし、実際に成績が付けられた訳じゃないから、自信を持ってそうだとは言い切れない。

ただ、ジャックスがそう親に伝えたなら、それを真実にしなきゃなって、思う。

「それに昼は、お前に案内して貰ったしな。まさか、歩きながら食べる事になるとは思わなかったが……」

そして続いた彼の言葉には、ちょっと笑った。

いやだって、王都を歩き回るなら、折角だから、屋台で買い食いとかしたいじゃないか。

学生といえば買い食いだって認識が、こう、僕の中にはあるのだ。

そこで一つ感じたのは、ウィルダージェスト魔法学校の学生って、凄く得な立場である。

というのも、本来なら劇場に行くような格好で屋台で買い食いしてると、悪目立ちをするし、妙な輩（やから）に絡（から）まれかねない。

逆に買い食いに違和感のない格好だったら、劇場は追い返されてしまうだろう。

だけど魔法学校の制服を着ていると、それだけで屋台の買い食いも、劇場での観劇も、どちらも問題なくできてしまうのだ。

この制服は、フォーマルな場に対応できる服装で、尚且（なおか）つ魔法使いの素質を持つという名誉の証でもあった。

魔法学校の学生には貴族もいれば平民もいると皆が知ってるので、買い食いが咎（とが）められるような事はない。

つまり普段と同じ格好にも拘（かかわ）らず、これだけで上から下まで、どの層に対しても失礼なく受け入れて貰えるという、実に稀（け）有（う）な服だろう。

魔法使いですって名乗りながら歩いてるようなものだから、絡まれる事も全くないし。

もちろん欠点もあるにはある。

例えば、魔法学校の学生とは、言い換えれば未熟な魔法使いだ。

魔法使いの存在を憎む宗教の信者や、敵国であるボンヴィッジ連邦に属する誰かに、この制服を着ている姿を見られれば、殺害や拉致（らち）の危険性があるかもしれない。

実際、里帰りの為にルーゲント公国やサウスバッチ共和国に戻ってた魔法学校の学生が、襲われる事件というのは、過去に幾度かあったと聞いた。

但し、ウィルダージェスト魔法学校に最も近く、影響力の濃いポータス王国の、しかも王都では、それは殆ど無用な心配だろう。

ルーゲント公国は物理的にボンヴィッジ連邦と近く、そこの工作員も入り易いし、サウスバッチ共和国は船での交易が盛んだから、余所者の出入りが激しい土地柄だ。

けれどもポータス王国はそうじゃない。

休日の度に学生たちが王都で遊び歩く事が許されるくらいに、ポータス王国の安全は確保されてる。

そしてその安全は、多分、地理的な物だけじゃなくて、大人になった魔法使い達の、努力で維持されてるのだろう。

「……ただ、お前がその猫を凄く大事にしてるんだって思ってさ。悪かった。寄こせだなんて言って。あの後、うやむやになって謝れてなかったから、ずっと謝りたかったんだ」

僕が物思いに耽りそうになってると、ふと、ジャックスがそんな言葉を口にした。

なるほど、彼はまだ気にしてたのか。

「いいよ。別にもう気にしてないし。同じ事を言ったらまた殴るけれど、もうジャックスは言わないでしょ。もちろん、他の誰が言っても殴るよ。……女子が相手だと、ちょっと躊躇うけど」

ジャックスに右ストレートを放った一件は、彼の言葉に怒りを覚えたというよりも、単にシャムを、家族を奪われないように抗ったというのが、正直なところだ。

だから相手が誰でも、僕はそれに抗って戦うだろうし、逆に同じ事が繰り返されないなら、別に気に病む必要はもうない。

もう、ジャックスは僕がシャムを大切に思ってると知ってくれているから、何の心配もしていなかった。

「おいおい、女子は躊躇うだけじゃなくて、殴るなよ。ホントに駄目だぞ。理由があっても、お前が悪い事になるからな」

真顔で心配、忠告してくれるジャックスに、僕は笑う。

まぁ、僕も少しは魔法が使えるようになったし、魔法学校での生活もわかってきたから、次はもっとうまく立ち回る自信もある。

次なんて、ないのが一番良いけれど。

「そうだね。考えとく。あ、ほら、幕が上がった。続き、始まるよ」

タイミングよく、幕が上がってくれたので、僕は話を終わらせて、再び身を乗り出す。

新しい経験ができて、ジャックスの気持ちがわかり、一つ彼と仲良くなれた。

今日は、とても良い休日だ。

後もう少し、今日という日を楽しもう。

◇◇◇

「さっきのさ、鶏を綺麗な声で鳴かせる魔法薬、上手く作れなかったんだけど、何かコツってあったの？」

ある日、錬金術の教室から、何時もの教室へ戻る道中。

友人の一人であるクレイが、僕の横に並んでそう問うた。

授業の後、少しの時間ではあるけれど、僕と彼は、こうして互いに、授業のポイントを確認し合う。

「あぁ、多分だけど、火に長く掛け過ぎたか、距離が近過ぎて、溶液の温度が上がったんだと思うよ。赤苦草の薬効って熱ですぐに飛んじゃうから」

クレイは賢く努力家で、基本的には優秀なのだけれど、基礎呪文学と錬金術は少し苦手にしてる。

どちらも努力でカバーはしていて、クラスメイトの中では優等生だけれど、彼はそれに満足していない。

ただその必死さで、視野が狭くなってないと良いのだけれども。

僕の言葉に、クレイはハッとした顔になり、それから恥じたように、頭を掻いた。

どうやら以前の授業で、赤苦草の扱いに関して教わった事を、思い出したらしい。

恐らく彼は、今回の魔法薬を作るのに失敗したのは、自分が苦手とする、魔法の扱いにあると思い込んでいたのだろう。

その、苦手意識が故に。

ただ別にクレイが、魔法の才能に欠けてる訳じゃない。

寧ろ基礎呪文学で、新しい魔法を習得するのは、クラスメイトの中でも比較的に早い方なのだ。

だけど彼は、賢く物事の理解が早い分、学んでも、努力をしても、感覚を摑まなければ上手くいかない魔法に、もどかしさを覚えてる。

まぁ、以前のように熱意が空回りしてる状況は、脱しつつあるようにも見えるが。

「でもこの薬、何に使うんだろうね。わざわざ作る意味って、何かあるのかなぁ？」

僕がそう言って首を傾げると、クレイは可笑しそうに笑ってくれた。

少し前の彼なら、僕が冗談でそう言ってると気付かずに、真面目に考え込んでたかもしれない。

実際のところ、鶏を綺麗な声で鳴かせる、なんて魔法薬にも、何らかの意味はあるのだろう。

じゃなきゃ、クルーペ先生だってわざわざ授業で教える筈がない。

僕もクレイも、それがわかった上で、冗談を言ってるだけだった。

「そう言えば、上級生からの依頼って、どうなの？」

ひとしきり笑った後、ふと、クレイが聞いてくる。

あぁ、そりゃあ、彼なら気になるか。

クレイも、そりゃあ無一文だった僕程じゃないが、裕福な方では決してないから。

「面白いし、それに為にもなるよ。先輩は、僕らのこれからを、既に経験してるからね。例えば、ほら、前期の終わりには試験があるって言ってたよ」

僕は自信をもって、そう答えた。

その気があるなら、僕はクレイも、何かアルバイトをした方がいいと思う。

短期的に見れば、彼が勉強に費やしてる時間は減るだろうが、長期的に考えると、先の情報を仕入れる伝手を作る事は、必ず役に立つ筈だから。

何の仕事を選べばいいのかわからないなら、僕が一緒に選んでもいいし。

尤も、僕が受けてる、シールロット先輩のアルバイトを譲ってくれって言われたら、それは無理だと断るけれども。

「……試験か、何があるんだろう?」

だけどクレイが気になるのは、僕が得られた知識の例として挙げた、試験の方らしい。

前期の終わりだから、恐らく試験は六月末か、七月の頭、……まだ二ヵ月程は先になる。

恐らくその日が近付けば、ある程度の概要は教えて貰って、備える形になると思うのだけれども。

いや、わからないか。

だって魔法学校だもの。

僕のイメージする学校の形が、そのまま通じるとは、あまり思えなかった。

何も言われずにその日になって、唐突に課題を渡されかねない。

「うぅん、それこそ、何かの仕事をやってみて、上級生の知り合いを作って、その先輩に聞くのが良いんじゃないかな」

僕がシールロット先輩に聞く事もできるけれど、それで凌げるのは今回だけだから、やっぱりクレイには、アルバイトを勧める。

この魔法学校に滞在する期間は長いのだから、目先だけじゃなくて、もう少し先を見れる目も、必要だ。

そこから暫く、クレイは考え込んで、教室に辿り着き、席についても、まだ何かを悩んでた。

僕はもう口を挟まず、彼の結論を黙って待つ。

見知らぬ上級生と縁を繋ぐのは、そりゃあ勇気は要るだろう。

しかも仕事を受けるのだ。

自分に務まるかと、不安にだってなる。

やってみれば意外とどうにかなる事でも、やってみるまではそれがわからない。

迷って悩んで考えこんで、自分で勇気を振り絞るしかなった。

やがて、もうそろそろ次の授業、一般教養のヴォード先生が教室にやってくる時間になった頃、

「そうだね。うん、仕事、やってみるよ。ただ、何をしたらいいかわからないからさ。悪いんだけれど、一緒に選んでくれないかな」

不意に、クレイは僕を振り返って、そう言う。

もちろん僕は、彼に笑って頷く。

悪い事なんて、何もない。

「いいよ。今日の授業が終わった後ならね。但し、お金が稼げたら、どこかで一日、王都で遊ぶのに付き合って貰うよ」

僕がそう言葉を返せば、クレイもニヤッと、笑みを浮かべた。

彼だって理由があれば、状況が許せば、王都で遊ぶ事に、興味がない訳じゃないから。

優等生にだってたまの息抜きくらいは、許されるべきだろう。

机の上で、シャムがニャアと一つ鳴く。

まるで僕を、よくやったと褒めてるみたいに。

◇◇◇

またある日、それは授業が終わり、放課後になったばかりのタイミングで、

「ねぇ、キリク。私、ちょっと呪文の練習がしたいの。付き合ってくださる？」

友人の一人、隣の席のシズゥ・ウィルパに、そう声を掛けられる。

振り返り、彼女の表情を見た僕はそれを察して、普段は授業の後に確認をし合ってるクレイと一度目を合わせてから、

「もちろん、いいよ。じゃあグラウンドか、地下に行こうか」

頷き、立ち上がった。

机の上に座ってたシャムが、ぴょんと僕の背中を駆け上がって、肩に乗る。

すると、僅かに安堵の表情を浮かべたシズゥが、僕の手を引き、歩き出す。

ふむぅ、何というか、役得だ。

これにも意味はあるんだろうけれど、素直に喜んでおくとしよう。

僕もまぁ、男の子だし。

基礎呪文学の授業は、最初は教室でやってたんだけれど、内容が進むにつれて少しずつ危ない物も増えて来て、グラウンドや、本校舎の地下にある魔法の練習場を使う事が増えてきた。

教えて貰った魔法の自主練習がしたい場合も、同様だ。

最初は、魔法の自主練習なんて危ないなぁと思ってたけれど、この魔法学校ではごく当たり前の事らしい。

何しろ全ての生徒が魔法という、人が扱うには強過ぎる力を持っているのだから、ある程度の危険は付き物で当然なのだろう。

それに死にさえしなければ、多少の怪我(けが)は医務室でどうにか治して貰える。

寧ろ自主練習ができる場所をちゃんと解放しておく事で、妙な場所で生徒が怪我をして、助けが遅れないようにしてるのかもしれない。

今向かってる場所は、地下の練習場だろうか。

ただ、その目的は、恐らく魔法の自主練習ではないと思う。

何故ならさっきのシズゥは、助けて欲しいって顔をしてたから。

階段を降りたところで、彼女は僕の手を離した。

僕は、何となくあいてしまった手が寂(さび)しくて、それを見詰めて、握ったり開いたりを繰り返す。

「もういいわね。ありがとう。助かったわ」

シズゥはそんな風に、砕けた口調になって、礼の言葉を口にする。

うん、まぁ、それは別にいいんだけれど、

「助けになれて何より。でも、一体何だったの？」

流石に説明は欲しかった。

すると彼女は、少し言いづらそうに、何かを口に仕掛けてはやめて、言葉に迷う。

取り敢えず、どうせ地下に来たんだし、練習場のスペースに入ろうか。

僕は呪文の習得に苦労した試しはないけれど、それでも復習はしておくに越した事はない。

単に魔法が使えるのと、使いこなすのは全く別だ。

より素早く、正確に魔法を行使するには、やはり繰り返しの練習は必要だった。

尤もそれは、基礎呪文学っていうより、戦闘学の範疇かもしれないけれど。

それから僕とシズゥは、置かれた的に向かって、交互に火弾の魔法を放つ。

火弾の魔法の詠唱は、『火よ、放たれろ』だ。

更にそれを強化する方法として、『そして我が敵を撃て』って詠唱を付け加える事もできた。

放たれる火弾は、握り拳が一つから二つ分くらいの大きさで、普通に放てば石を投げるくらいの速さで飛び、追加の詠唱を加えれば、倍くらいの速さになる。

一撃必殺って威力はないけれど、人に向かって放てば十分に怪我はさせられるし、顔に当たった場合は、状況によっては命に関わるかもしれない。

正直、十二歳の子供が扱っていい魔法じゃないと思うんだけれど、じゃあ一体どの程度の威力の魔法なら大丈夫なのかって問いには、僕は返す答えを持たなかった。

そして魔法使いとして生きていくなら、この魔法はやっぱり基礎に過ぎなくて、すぐにもっと威力の高い魔法だって教わるだろう。

つまり、自主練習に関してもそうだけれど、魔法使いは一般人の感覚で測ってはいけないって事だ。

もちろん、この世界の多くの人は、魔法使いではない一般人なのだから、その感覚も決して忘れてはならないのだが。

「えっと、ガリア・ヴィロンダって、クラスにいるでしょ。私と同じ、ルーゲント公国から来てる」

数度、魔法の練習をした事で、気持ちが落ち着き、話す言葉が決まったのか、シズゥがそう話し始める。

……ガリア、確か、いたような気が？

まぁ、殆ど関わりのないクラスメイトに関しては、流石に出身までは知らないけれど。

「……キリクはもう少し、特定のメンバー以外とも関わるべきじゃない？　ここに来てから何ヵ月も経つのに、クラスメイトをうろ覚えは、流石に駄目でしょ」

ただ、僕の態度で、そのガリアの事をあんまり覚えてないと見透かされたらしく、シズゥに苦言を呈された。

それは、全く以て（もって）その通りなのだけれど、こう、あんまり知り合いを増やすと、手が回らなくなりそうというのも、正直ある。

できる人はできるのだろうけれど、僕は人付き合いが苦手な、それに必要とするエネルギーが多く必要なタイプだ。

もし仮に、僕が広く付き合いを広げていた場合、今日のシズゥの表情に、気付けていたかどうかは、わからない。

「話を戻すけど、ガリアって、ルーゲントの騎士の家系なのよ。だから多分、家の方から、在学中に私と仲良くなれって言われてるんだと思うけど、……そういうの、鬱陶しくて」

なるほど。

そのシズゥの言葉に、僕は頷く。

彼女には悪いが、ちょっと面白い。

シズゥは男爵家の令嬢で、確かポータス王国では男爵は貴族の一番下だけれど、ルーゲント公国では真ん中辺り、つまり割と偉い方になる。

そして騎士が、ルーゲント公国では、貴族の一番下の位だ。

何が面白いって、一般教養の授業で習った知識が、話の理解に繋がるのが面白かった。

要するにガリアは、逆タマ狙いって奴なのだろう。

皆の前でならともかく、親しい人間の前では、貴族として振る舞いたがらないシズゥとは、そりゃあ合わなくて当然だ。

「だから親しい男子は他にいるんだぞって牽制したかった訳だね。うぅん、でも、僕で大丈夫？ジャックスとかの方が向いてると思うし、何なら僕から頼んであげるけど」

なら問題は、僕がそのガリアに対しての抑止力になり得るかどうか。

正直、貴族としての関係なら、僕よりもジャックスの方が向いている。

だって何しろ、彼は伯爵家の人間だ。

他国の騎士なんて、それこそ平民と大差ない。

これも一般教養の授業で習ったけれど、ルーゲント公国の貴族は、ポータス王国では爵位が一つ上として扱われる。

つまり、ルーゲント公国の準男爵なら、ポータス王国でもギリギリ貴族としての扱いだが、騎士は一つ上になっても貴族としては扱われない。

もしもジャックスとシズゥが仲良くしてる姿を見せれば、ガリアがそこに割って入る事は、どうしたってできないだろう。

僕からすると、そんなのあんまり関係ないんだけれど、貴族として振る舞いたければ、貴族としての流儀を守らないといけなくなるから。

「うぅん、ジャックスも、キリクと話してる姿を見れば、悪い人じゃないのはわかってるけど、それでもやっぱり、キリクの方が信じられるし」

だがシズゥは僕の申し出に、首を横に振った。

そうかぁ。

まるで僕が信用できる人間だって言われてるみたいで、嬉しいけれど少し恥ずかしくて、誤魔化(ごまか)すように片手で、肩のシャムの喉(のど)を撫でる。

バチッと、シャムに僕の手は叩き落とされてしまったけれども。

「それに、ガリアもキリクには手出しできないから。……ほら、キリクって貴族とか関係なしに殴ると思われてるし、クラスで一番魔法が上手いし。ルーゲントの騎士って、負けるのが凄い恥だから、勝てない相手には挑まないの」

そう言ったシズゥの声には、強烈な皮肉が潜んでる。

いや、普通に言葉の内容も皮肉だらけか。

でも、えっ、僕ってクラスでそんな印象なの？

確かにジャックスを殴ったけれど、その後はずっと仲良くしてるのに。

「だから、キリクは他の人と関わりが少なすぎるのよ。私は貴方（あなた）が、優しいって知ってるけど、そうじゃない人もいるんだから。……でも、それを利用した私が言う事じゃないわよね。……ごめんなさい」

再び苦言を呈そうとして、しかし勢いを失って、謝罪の言葉を口にする、シズゥ。

だけどそれは、別に謝る必要なんてない事だ。

利用といえば、確かにそうだろう。

しかしそれなら、僕は先生を利用して学んでるし、友人を利用して日々を楽しく過ごしてるし、シャムを利用して心を癒（いや）してる。

単に言い方の問題でしかない。

シズゥは助けて欲しかったから、助けになりそうな僕に助けを求めた。

僕は彼女を助けたかったから、助けになれるならそれで良かった。

それだけの話である。

それだけの話にできるのが、友人関係って奴なのだ。

もちろん、無理な事は無理だけど。

たとえ相手がシズゥでも、シャムを差し出せとか言ったら右ストレートだ。

あぁ、うん、女子が相手だから、多少は躊躇うけれど、できれば躊躇ってる間に逃げてくれたら嬉しい。

　僕がそう伝えたら、

「キリクって、ちょっと格好つけだよね」

シズゥはそんな風に言って笑った。

そうだろうか？

そうかもしれない。

できればそこは格好つけじゃなくて、格好いいって言って欲しいところだけれど。

彼女が笑ってくれたので、今日のところはそれで十分だ。

◇◇◇

アルバイトをしたり、友人と過ごしたりしながら日々を過ごし、そろそろ五月も終わろうかという頃、前期末に試験があるという事が、各科目の先生から皆に告げられた。

内容は科目によってまちまちだ。

一般教養と魔法学は筆記試験で、範囲は前期の授業から。

基礎呪文学と錬金術は実技試験で、予め教えられた課題を練習しておき、当日に先生の前で披露するそうだ。

戦闘学は、これも実技試験になるんだろうけれど、恐ろしい事にギュネス先生との模擬戦だった。

一体何が恐ろしいかって、ギュネス先生が、一人ずつとはいえ三十人の生徒の全てと模擬戦をやるって辺りが。

幾ら体力に自信があっても、幾ら相手が初等部の一年生でも、魔法を使った模擬戦を三十回って、かなり疲れると思う。

逆に言えば、今だからこそ、僕らがまだ初等部の一年生だからこそ、そうやって直接相手ができるのだろうけれども。

取り敢えず、最大の不安要素は戦闘学だが、こればっかりは試験対策のしようがない。

精々、試験までに実力を磨いておくくらいか。

試験の出来が悪ければ、夏季の休暇が削られての補習があるらしいけれど、ギュネス先生に負けたからって即座に補習って事は、流石にないと思うし。

もしもそれだと、全員が補習だ。

さて、そうやって試験の予定が発表されれば、当然ながら焦(あせ)るクラスメイトも出てくる。

苦手分野が明確にあるなら、尚更に。

「おぉ、我が友キリクよ！　すまないが、魔法の繋がりの練習に、付き合ってくれないか？　正直、厳しい。アドバイスが欲しい」

大仰な仕草で僕を呼び止め、助けを求めて来たのは、後ろの席のガナムラ・カイトス。

日に焼けた浅黒い肌が特徴の、陽気な友人だ。

「もちろん、いいよ。でも、僕は男で、シャムも雄だよ。君なら、女の子に教わる方が楽しいんじゃない？」

友人の頼みなら、そのくらいならお安い御用だ。

しかし普段のガナムラの言動を、ここは一つからかっておこう。

サウスバッチ共和国の、船乗りの家の出である彼は、女性に対する振る舞いが、僕から見るとちょっと軽い。

恐らく、親兄弟や親戚から、海の男はこうあるべき、みたいな教えを学んだのだろう。

そして彼の、ポータス王国では珍しい肌の色や、エキゾチックな顔立ちは、その振る舞いと相俟(あいま)って、女の子受けが良かった。

ただ、普段の態度はともかくとして、根は割としっかりした奴だった。

貴族がいないサウスバッチ共和国では、一般の市民であっても姓がある。

でもそれは誰でもって訳じゃなくて、流れ者じゃなく、長く国家に対して貢献してる家に生まれたからこそ、名乗れるものだ。

船での交易が盛んで、余所者が多く入ってくるサウスバッチ共和国だからこそ、そうして与えられた姓への誇りは強い。

ガナムラは自分の、カイトス家に誇りを抱いてて、更に魔法使いとなれば名乗れる名前が増える事を目標に、ちゃんと努力を続けてる。

単に陽気で軽いだけの奴では、決してないのだ。

まぁ、息抜きと称しての遊びも、得意としてるのは間違いないが。

「いや、それはもちろんそうだけどさ。女の子の前で何回も失敗するのは、あんまり格好良くないじゃないか」

なんて風にガナムラが言うもんだから、僕は思わず笑ってしまう。

そうかもしれない。

それを格好悪いと思うかどうかは、きっと相手によるだろうけれど、そんな事は問題じゃなくて、見栄を張りたいって気持ちはわかる。

さて、だったら練習場に行くとしようか。

魔法の繋がりは、基礎呪文学の試験課題だ。

一部の魔法は、引き起こす現象に繋がりを持たせる事ができる。

例えば、魔法で水を出してから、凍らせて氷を生み出すといった風に。

もちろん、直接魔法で氷を出した方が、手順は一つ減るだろう。

しかし前者の、水から氷へと変化させた方が、より低温の氷を生み出し易いと、基礎呪文学のゼフィーリア先生は言っていた。

これは普通の水を氷にしたのでは、この効果は現れない。

一人の魔法使いが、魔法で水を生み出して、魔法でそれを凍らせるからこそ、二つの魔法に繋がりが生じ、より冷たい氷ができるのだと。

どう聞いても、基礎じゃなくて応用だろって思うのだけれど、僕がそう言ったところで、試験内容が変わる筈もないし。

ちなみに二つ以上の魔法に繋がりを持たせる事もできるけれど、当然ながら難易度は劇的に跳ね上がっていく。

本校舎の地下、魔法の練習場に辿り着くと手本を見せて欲しいと言われたので、僕は的のあるスペースに入り、それを見据えて心を研ぎ澄ます。

コツは一つ目の魔法を使う時には、もう次を意識しておく事と教えられている。

シャムが、僕の邪魔にならぬように気遣ったのか、肩から飛び降り、後ろに下がった。

「火よ、灯(とも)れ」

杖を翳(かざ)し、その先に火を灯す。

まずはこの学校に来て最初に覚えた、基礎中の基礎、発火の魔法。

次を意識すると、焦りが生まれる。

だけど焦る必要はないのだ。

落ち着き、流れは意識しつつも、一つずつを丁寧に。

「火よ、広がり、炎となれ」

杖を大きく横に振り、更に唱える。

小さな火は、僕が杖を動かした分だけ、グワッと広がり、巨大な火球が宙に浮かぶ。

これが、繋がりだ。

例えばこの魔法で蠟燭の火を広げると、縦幅も横幅も、この半分くらいしかない。

繋がりの効果で、明らかに魔法の力は増していた。

だけど今の僕の限界は、もう少しだけ先にある。

これだけでも、課題に合格はするだろう。

しかし高評価を狙うなら、あと一歩は踏み込まなきゃならなかった。

「炎よ、放たれろ。そして我が敵を撃て」

それは火弾を放つ魔法。

本来なら、握り拳一つか、二つ分くらいの火の塊を飛ばす魔法だが、今放たれた炎は、人をすっぽり飲み込めてしまうくらいには、大きい。

威力は、普通に火弾を放った時とは、比べ物にならないだろう。

……よし、成功。

最後の魔法も、追加詠唱付きで成功させられた事に満足して、僕は大きく息を吐き、杖を下ろす。

「全体を把握して、その流れを意識する事と、焦らない事。一つ一つの魔法の手綱をちゃんと握って、喧嘩をさせないように」

それから、さっきの魔法を放つ時、僕が注意してた点を、並べていく。

単に見せ付けるだけじゃ、意味はない。

どうやってそれを成すかを伝えてこそ、アドバイスだ。

道は自分で歩かねばならないけれど、道順を教えるくらいは、できると思うから。

まぁ、これが覚えるのに苦労もしなかった魔法の使い方とかだと、コツも何も、伝えようがなかったりするんだけれど、複数の繋がりを成功させるには、やっぱり僕もそれなりに練習したから。

或いは、今もその数を増やそうと、ちゃんと練習もしてるから。

この魔法の繋がりに関しては、アドバイスができると思う。

「おぉう、やっぱり凄いな。うん、次は俺がやってみるから、見ててくれ」

そしてガナムラは、僕のアドバイスを素直に受け止めてくれた。

人によっては、僕の言葉の方は聞かずに、ただ技を見せ付けられたって思う人もいるだろうに。

彼のその素直な明るさ、陽気さは、美徳だと僕は思う。

膝を突き、地に向かって手を伸ばせば、シャムが僕の腕の中に飛び込んでくる。

後はガナムラが魔法の繋がりを成功させるまで、のんびりと練習に付き合おうか。

◇◇◇

「ねぇ、シャム。夏期休暇って、どうする？」

僕は自室で一般教養の復習をしながら、ベッドでゴロゴロと転がってるシャムに問う。

前期の試験が近付きつつあるが、それが終われば夏期休暇だ。

授業への手応えから考えて、補習になる事はまずないと思うから、そろそろ予定を決めなきゃならない。

具体的には、ケット・シーの村に戻るかどうかを。

「え、別に帰る必要なくない？　村よりここの方が、食事が美味（うま）いし。ボクはこっちがいい」

しかし欠片も悩まずに、シャムは戻る気はないと言い切った。

そっかぁ。

まぁ、確かにご飯はこっちの方が美味（おい）しい。

「それに、村って遠いよ。ボクとキリクなら、帰れなくはないけどさ。多分、往復してるだけで、後期に間に合わないよ。どうせ帰るなら、もっとパパッと移動できる魔法を憶えてからにしない？」

更にそう言われてしまえば……、村に戻るのは厳しいと、僕も気付く。

えぇ、じゃあどうしよう。

そりゃあ、実家に帰らず留まる生徒もそれなりに居るだろうけれど、どうやって時間を潰せばいいんだろうか。

「じゃあ、シャムは夏の間、何がしたい？」

僕とシャムの予定は、ほぼ不可分だ。

いや、別々に過ごす事もできなくはないが、それは僕が寂しさに泣く。

ならば、先の予定を立てるにも、彼の希望は最大限に取り入れるべきだった。

「んー、美味いものが食べたいな。もっと仕事して、美味いものを食べさせてくれ。前に言ってたみたいに、ジャックスに別荘に連れて行って貰うとかでもいいし。それにパトラなら王都に家があるし、クレイは学校に留まるでしょ。別に暇はしないんじゃない？」

だがシャムの返事は、彼の希望というよりは、どうすれば僕が楽しく夏を過ごせるかを考えたもの。

まぁ、美味しい物を食べたいってのが希望といえば、そうなのだろうけれど。

んー、アルバイトかぁ。

シールロット先輩が学校に留まるなら、それもいいんだけれど、孤児院に戻るようなら、どうしようか。

別の先輩のアルバイトを受けるってのも、何かちょっとピンとこないし。

あぁ、それならいっそ、クルーペ先生に僕にできる仕事がないか、聞いてみようか。

当然ながら、治験以外で。

これはシールロット先輩が教えてくれたんだけれど、錬金術で魔法薬を作ると、割と稼げるらしい。

というのも、魔法薬にはかなりの需要がある。

例えば、単純な傷を治す魔法薬でも、一般人からしてみれば、それで命が助かる可能性もある魔法の薬だ。

いや、魔法の薬だから、魔法薬なので、何にも間違いじゃないんだけれど。

この学校で過ごしてると、医務室に行けば火傷でも骨折でも治して貰えるから感覚がおかしくなるけれど、人は怪我をすれば死ぬ事がある。

例えば骨折は、折った場所によっては、足を切り落とさなきゃならないなんてケースも、少なくはなかった。

でも傷を治す魔法薬があれば、足を切り落とさずに、骨が無事に繋がるかもしれない。

誰でも手に入れられる訳じゃないけれど、或いは、簡単には手に入らないからこそ、貴族や富豪は、魔法薬を欲しがるそうだ。

すると当然、ウィルダージェスト魔法学校には、魔法薬を売ってくれって問い合わせが来ていて、ある程度はそれに応じてるという。

そうした魔法薬を作るのは主にクルーペ先生だけれど、学生が作った魔法薬も、品質がしっかりとしていて、出来をクルーペ先生に認められれば、学校を通して売れるらしい。

シールロット先輩が、孤児院の出にも拘わらず、僕をアルバイトに雇うお金があるのは、そうして魔法薬を売って稼いでいるからだった。

もちろん、今の僕にはシールロット先輩のような、高度な魔法薬を作るだけの力はない。

しかし簡単な魔法薬なら、前期の試験で結果を出せれば、学校を通じて売る許可が貰える可能性は、皆無じゃないと思うのだ。

そうなれば、たとえ大金にはならずとも、夏の時間が有意義に使えるだろう。

シャムに美味しい物を食べさせるくらいは、きっとできる。

錬金術の前期の試験課題は、黒子を消してしまう塗り薬の魔法薬。

その製作のコツを、シールロット先輩に聞いてしまおうか。

作るのに失敗する訳じゃないけれど、より上手く、品質の高い物を作るには、どうすれば良いのかを。

あぁ、でもまずは、彼女が夏はどうやって過ごすのかを、聞いてからだ。

シールロット先輩が魔法学校に留まるなら、彼女のアルバイトをしてた方が、自分で簡単な魔法薬を作って売るよりも、学びが多くて楽しいだろうし。

実は、学校を通さずに、自分の伝手で貴族や富豪に魔法薬を売ってる生徒も、少なからずいるそうだ。

だがそれでトラブルが発生した場合、全て自分で解決せねばならない。

正しく効果の出る魔法薬を渡しても、受け取った側がそれで満足するとは限らないだろう。

人は欲に際限がなく、過剰に期待し、それが満たされなければ裏切られたと怒る生き物だ。

全ての人がそうではなくとも、そうした人は必ずいると、僕の記憶は知っている。

そんなトラブルに好んで近付く気には、僕は到底ならなかった。

まぁ、僕は楽しくアルバイトをして、それができなければ、学校を通して魔法薬を売ろう。

そしてシャムに、美味しい物を食べさせるのだ。

◇◇◇

前期の試験は、三日間かけて行われる。

一日目の午前中は、一般教養の筆記試験。

一日目の午後は、クラスの半分が基礎呪文学の実技試験を受け、残りの半分が錬金術の実技試験を受ける。

二日目の午前中は、魔法学の筆記試験。

二日目の午後は、先日受けなかった方の実技試験だ。

僕の実技試験は、一日目が錬金術で、二日目が基礎呪文学だった。

錬金術では、クルーペ先生にやるねって言われて、基礎呪文学では、ゼフィーリア先生からパーフェクトの言葉を戴(いただ)いてる。

筆記試験も、両方ともに強く手応えを感じてるから、出来はきっと良いだろう。

だが問題は、今日、三日目。

この日は戦闘学の試験が行われる。

午前中と午後に、十五人ずつに分かれて試験を受けるのだ。

そして僕の試験の順番は、午後の最後。

要するにクラスの中でも、一番最後に試験を受ける。

……皆が試験から解放されていく中を最後まで残るって、正直、ちょっと辛い。

待機室にはもう誰もいなくて、試験中は流石にシャムを連れる事は許されなかったから、この部屋には本当に僕しかいなかった。

嫌な緊張感があって、空気は重いが、しかしその空気を出してるのは他ならぬ自分だ。

他に筆記試験が残ってたら、試験勉強でもしておこうかって気になるのに、もう全部終わってる。

いや、試験の順番は合理的だった。

科目の担当教師が一人一人の審査をしなければならない実技の試験は、日を分けて半分ずつ。

生徒の心に負担が強く掛かるだろう模擬戦闘を最終日に。

そこには全く文句はないのだ。

でも、うん、そうじゃなくて、この状況で手持無沙汰(てもちぶさた)はどうしたって辛い。

ソワソワとしながらも、ジッと待っていると、コツコツと、待機室の扉が叩(たた)かれた。

迎えの魔法人形だろう。

やっと僕の番がやってきたのだ。

立ち上がり、部屋を出て、地下の魔法の練習場、いや、今日は試験場と呼ぶべき場所へと向かう。

試験場で待っていたのは、当然だけれど、戦闘学のギュネス先生。

既に僕以外の全てのクラスメイトの相手をしてる筈なのに、少しも疲れた様子はない。

寧ろ、待ってる間に疲れた僕の方が、ずっと消耗してるんじゃないだろうか。

つまりは、一番最後まで待った事に対するメリットは、何もなさそうだって結論に達する。

「よし、戦闘学の試験内容は、俺との模擬戦だ。キリク、準備は良いか？」

そう問うてくるギュネス先生に、僕は挙手を返す。

準備は、まぁできてるんだけれど、どうしても聞いておきたい事がある。

ギュネス先生が頷き、許可をくれたので、

「あの、ギュネス先生。何で僕が最後だったんですか？」

質問のフリをして、不満を吐き出した。

いやまぁ、一番最後にクラスに合流したからだって言われたら、納得するしかないんだけれど、それならこの先、後期にもあるだろう実技試験では、待機室には気を紛らわせる為に本でも持ち込もう。

「あぁ、待ちくたびれたか。いや、そうだろうな。すまん。でもお前の相手が一番疲れるだろうからな。全員をきちんと審査する為にも、お前は最後にしたかったんだ」

でも僕の不満にギュネス先生は、そんな言葉を口にする。

……むぅ、それは、光栄に思った方がいいのだろうか。

僕を除いたクラスメイトの全員を相手にして、疲れた様子のないギュネス先生に言われても、あんまり信じられないのだけれど。

「さて、お前が今、どの程度の魔法を使えるかは、ゼフィーリア先生から聞いている。今の一年じゃ断トツで優秀だな。だがこの試験では、その生徒が使える範囲の魔法で、相手をする事にしてる」

僕にもう質問がないと見たギュネス先生は、試験の説明に入った。

基礎呪文学の試験の結果は、確信はあったけれど、やはりクラスで一番良かったらしい。

だが、同時に随分と不吉な言葉も、口にする。

「つまり戦闘学の前期の試験は、お前が今から受けるこれが、今年は一番難しい」

いや、それはちょっと酷くないだろうか。

僕、これでも結構、基礎呪文学の試験の為に練習したのに。

その結果が、戦闘学の試験の難易度になって返ってくるなんて、納得しがたい。

あぁ、でも、大丈夫。

戦闘学の試験は模擬戦だ。

魔法の繋がりなんて手順の掛かる技は、模擬戦じゃそう簡単に使えやしない。

使わせなければ、良いだけだ。

「腹は立つだろうが、諦(あきら)めろ。寧ろ期待の証だと思え。そして精一杯に工夫しろ。お前も、エリンジ先生の教えは受けたんだろう？」

そう言って、ギュネス先生は笑みを浮かべる。

当たり枠、の事だろうか。

なら、仕方ない。

言われた通り、諦めた。

期待の証だと思ってやろう。

精一杯の工夫も、見せてやるさ。

肩に重みがなくて、寂しくなってきたところである。

早めに終わらせて、シャムを迎えに行くとしよう。


右手に杖を握り、左肩を前に半身になって、足は肩幅よりも少し広めに開く。

既にギュネス先生も、戦闘態勢には入ってる。

だけど試験だからか、それともこっちを侮ってるのか、向こうからは動かず様子見の構えだ。

ならば遠慮なく、こちらから仕掛けよう。

「火よ、放たれろ。そして我が敵を撃て！」

まずは追加詠唱付きの、火弾の魔法。

だが追加詠唱で速度を増したとはいえ、これくらいは避けるだろう。

いや、クラスメイトが相手ならこれでも当たるというか、防御魔法を使わせられるんだけれど、僕は避けられるから、ギュネス先生も当然避ける筈だ。

恐らく合わせるのは、魔法の実力だけじゃない筈だから。

故に、こうする。

ギュネス先生が魔法を避けるタイミングで、

「火よ、弾(はじ)けろ」

火に爆発(ばくはつ)を起こさせる魔法を使って、火弾の魔法と繋がりを生じさせた。

焚(た)き火や松明(たいまつ)に掛ければ、両手を広げた程度の範囲に、熱と衝撃と爆風を発生させる魔法だが、繋がりによってその威力はグッと増す。

まともに浴びれば、大きな火傷の上、失神くらいはするだろう。

もちろん、そんなに簡単にギュネス先生を仕留められる筈はない。

詠唱を省略して展開された盾の魔法、障壁が、熱と衝撃と爆風の全てを受け止めている。

だがギュネス先生の意識は、確実に防御に向き、その足は止まってた。

そして僕は、魔法が防がれる事はわかっていたから、その間に既に距離を詰めている。

握った拳の前に、詠唱を省略して盾の魔法を張り、それを使って、相手の盾の魔法を叩き潰す。

そしてそのまま、ギュネス先生も。

これで決着だ。

そう思った瞬間、パッと光が瞬いて、僕は思わず目が眩(くら)む。

何をされたかは理解した。

光を灯す魔法。

火を灯す魔法と同じくらいに基礎的な、最初の頃に習ったその魔法を、詠唱を省略して目の間近に出されたのだ。

だが何をされたのかわかっても、対応の方法がわからない。

咄嗟(とっさ)にその場を離れて逃げようと、地に転がろうとしたその時は、既に僕の腕はギュネス先生の手に掴まれていた。

「相手の動きを、戦いをコントロールしようとする姿勢は善(よ)し。技術も善し。度胸も善し。だが勝利を確信するのが早過ぎたな」

あぁ、くそう。

採点結果を告げられるって事は、負けたと判断されたのだろう。

そりゃあ当然の結果だろうけれど、やっぱり腹は立つ。

流石、戦闘学の担当だ。

戦い方が嫌らしい。

採点の為に僕の積極的な攻撃を誘って、最後は敢えて基礎的な呪文の使い方を、僕に教えるように勝利して見せた。

「でも試験の点数を良くする為に自分を見せようって戦い方じゃなく、勝ちを目指したのが何より良かったぞ。初等部の一年生、それも前期としては十分以上に戦えてるが、それに驕らず、もっと精進するように」

評価は、多分いいのだろう。

でも今は、それ以上に悔しさが勝ってる。

こうして、僕の初等部の一年生、前期の試験は、全て終わった。

結果はクラスで一番、首席だったけれど、……やっぱり、戦闘学の試験に関しては、もう少し上手く戦って、あわよくば勝ちたかったなぁって、そう思う。

ギュネス先生は、本当に僕でも扱える程度にしか、魔法を使わなかったし。

ただ、悔やんでも、戦いをやり直せる訳じゃない。

模擬戦だから命を落とす事なく、敗北という学びを得た。
それをありがたく、恨みに思い、夏期休暇を迎えよう。

三章 ✦ 夏期休暇

「いっち、にっ、さん、しっ」

夏期休暇に入ると、多くの生徒が帰郷して、魔法学校は閑散とした印象になった。

ちなみにポータス王国以外に実家がある生徒は、各国の首都までは先生達が魔法で送り迎えをしてくれるそうだ。

そこから先は、馬車なり何なりで実家に帰り、期日に再び首都に集まれば、先生達が纏(まと)めてウィルダージェスト魔法学校に連れ帰ってくれる。

高等部には、自分で移動の魔法を扱える生徒もいるのだろうけれど、各国の首都までの先生達による送り迎えは、長期休暇のルールらしい。

まぁ、ジェスタ大森林には首都なんてないから、僕には全く関係のない話なんだけれども。

しかし、移動の魔法か。

旅の扉の魔法は、確かシールロット先輩が、高等部になったばかりでも使いこなしてたから、恐らく初等部の二年生の間に覚えたんだろう。

僕にも、同じ事ができるだろうか。

移動の魔法はどれも高度で、高等部の生徒でも、いや、卒業した大人の魔法使いでも、使えない人が多いと聞く。

「ごー、ろっく、しっち、はっち」

……シールロット先輩なら、『私にできたんだから、キリク君にもできるよ』って言ってくれそうだ。

でも彼女も、今は魔法学校を離れて、生まれ育った孤児院に帰ってる。

確か、ポータス王国の辺境の町って言っていた。

ジェスタ大森林にほど近い場所で、彷徨い出た獣や魔法生物による被害が多く、孤児も出易い場所なんだとか。

僕にとってジェスタ大森林は、決して怖い場所ではないのだけれど、多くの人にとってはそうじゃない。

シールロット先輩には、僕がジェスタ大森林から来た事は話してしまったし、彼女はそれを受け入れてくれたけれど、人によっては不快感を示される場合もあるだろう。

寧ろ、シールロット先輩の懐が、深かっただけである。

「にー、にっ、さん、しっ」

だから僕は、自分の出身地に関しては、あまり話さないようにしようと、改めて思った。

余程に何でも話して共有したい相手や、話さなきゃならない事情、状況ができてしまったら、別だけれど。

そうでないなら、出身はポータス王国の辺境の森って、以前に僕自身が勘違いしていたままに、問われても騙ろうと思ってる。

「ねぇ、最近毎朝それしてるけど、一体何なのさ」

掛け声に合わせて身体を動かし、捩じっていると、ふと、シャムが呆れたような目でこっちを見てて、そう問う。

何って、そりゃあ、……体操？

多分、そうとしか言いようがない。

「いや、体操は見てわかるんだけど、急にどうしたのって事」

あぁ、なるほど、これをしてる理由の方か。

この前、ギュネス先生に負けたから、次に同様の試験があったら、今度こそぶちのめしてやろうと思ったから、身体を動かすようにしてるだけだ。

走り込みや、トレーニングだって、ちょっと真面目にするようになった。

魔法の実力が、基礎呪文学の試験結果でバレて合わせられるなら、身体能力を上げて隠しておいて、相手の想定を上回ってぶちのめすより他にない。

後はやっぱり、夏休みの朝だし、ね。


夏期休暇でも、寮に留まれば朝には洗濯物の回収に、魔法人形のジェシーさんがやって来て、食堂に行けば食事が食べられる。

非常に恵まれた環境だった。

なので各国の首都までの送り迎えはあっても、そこから先の移動の手間を考えると、そのまま魔法学校に留まる生徒も決して皆無じゃない。

実家が裕福でなければ、尚更だ。

「おはよ～」

卵寮の食堂に行くと、クレイが食事を取ってたので、挨拶をしてから前の席に座る。

彼は口の中の物を飲み込んでから、

「ん、おはよ」

挨拶を返してくれて、またパンに齧り付く。

クレイも学校に留まった一人で、やはり彼の実家も決して裕福ではないという。

真面目なクレイは、周囲が休みで実家に帰ってる今こそ、更に成績を伸ばす時だ、なんて風に言っていた。

そりゃあ当然、強がりは多少あるんだろうけれど、口にした言葉を嘘にはしない。

尤も、彼が本当に抜かしたいと思ってる相手は、同じく学校に留まってる僕なんだけれど。

「今日は、先輩との仕事？」

問えば、クレイは一つ頷いた。

彼が選んだアルバイトは、黄金科の先輩の、資料の整理の手伝いだ。

もちろんそれは最初の話で、今がどうなのかは聞いてない。

確か、高等部の二年の先輩らしいけれど、その人も、魔法学校に留まってるそうで、僕にはそれが、ちょっと羨ましかったりする。

「キリクは、クルーペ先生のところで魔法薬を作るんでしょ。……どんどん先に行かれてるなぁ」

そんな風に、少し悔しそうに、クレイは言う。

確かに僕は、前期の試験の結果、クルーペ先生の手伝いをしながらという条件ではあるが、夏期休暇の間、魔法薬を作るという仕事を手に入れた。

ただ作る魔法薬は、前期で習った物に限られるから、そりゃあ上達はするけれど、新たな知識が増える訳じゃない。

クルーペ先生の手伝いは、意外に勉強になる事が多いけれど、これが直接成績に結び付くかといえば、それは否だと思う。

そう言えば以前、クレイとは、鶏を綺麗な声で鳴かせる魔法薬の使い道なんてあるのかって、笑い話をした事があったけれど、アレには重要な使い道があると知れたのは、大きな学びだ。

使い道は、当然ながら鶏を綺麗な声で鳴かせる事なんだけど、その声は、夜に徘徊する悪霊を退ける効果があるらしい。

時を告げる鶏の声が澄んで響き渡ると、悪霊は朝が来たと勘違いして逃げ惑う。

それが魔法薬の効果で引き出された物なら、効果は抜群なんだとか。

なので鶏を綺麗な声で鳴かせる魔法薬は、悪霊払いを仕事とする人に、常に需要があるそうだ。

まぁ、悪霊なんて言われても、そんなのいるなんて、怖いなぁ……、としか思えないが。

さて、食事を平らげて、お茶を飲みながら少しのんびりくつろげば、そろそろクルーペ先生のところに行く時間が近付いてくる。

クレイも自分の先輩のところにアルバイトへ向かった。

僕も一日、頑張ろうか。

◇◇◇

僕が向かった先は、錬金術の教室とは別にある、クルーペ先生の研究室だ。

この研究室に入るにあたって、大切な事は三つある。

一つ目は、知らない物には触らない事。

この部屋は危険物だらけなので、自分が知らない、扱えない物には触らない。

まぁこんなの錬金術だけじゃなくて、魔法に関わる事なら当たり前だけれども。

例えば魔法生物も、見た目と裏腹に危険ってケースは非常に多いし。

二つ目は、魔法の発動体、僕の場合は杖を常に身に付けておく事。

別に手に握ってなくても、咄嗟に鎧の魔法を使って、自分の身くらいは守れるように、帯びておく必要がある。

理由はもちろん、危険だからだ。

三つ目は、クルーペ先生の言い付けにはちゃんと従う事。

これも部屋の中が危険で、取り扱いの繊細な作業をしてるからって理由だった。

錬金術の授業の時は、クルーペ先生は解説や、生徒達の様子を見守る事に全力を注いでる。

だから何があっても守れるからと、ある程度の自由を許すのだろう。

当然ながら、魔法薬という、貴重品にして危険物を扱う授業だから、ふざける事は許されないが。

しかしこのクルーペ先生の研究室では、彼女は自分の作業にこそ集中している。

その邪魔になるような、安全に気を払ってあげなければならないような生徒は、立ち入る事は許されないのだ。

僕は夏期休暇の間は、週に三日、クルーペ先生の研究室で、手伝いと、魔法薬の作成をする予定だった。

だがその時間、僕はシャムを連れ歩かない。

恐らく、クルーペ先生はシャムの正体に気付いてるから、入室を断りはしないだろうけれども、それをわからぬ人が見れば、この研究室の危険性を低く見積もってしまうかもしれないから。

それは僕にとってのけじめである。

尤も、僕はちょっと寂しいのに、シャムは自由な時間ができたとばかりにのびのびと、あちらこちらを探索していた。

何時の間にか、マダム・グローゼルの許可まで取って。

どうやらこの本校舎には、ある程度の魔法の実力がないと気付かない、入れないようにされてる場所が幾つもあって、シャムはそれが気になっていたらしい。

正直、僕は全く気付かなかったのに、流石は妖精、ケット・シーというべきか。

もちろん魔法学校側も、理由があって魔法で隠蔽してるのだから、どこでも好き勝手に入って何をしてもいいって訳じゃなくて、シャムはマダム・グローゼルから、居場所を報せ、尚且つ身を守ってくれる鈴を身に付ける事を条件に、探索を許されている。

猫に鈴って、そんな話があったなぁって、ふと思い出す。

確かその話の鈴も、猫の居場所を報せる為だったけれど、誰にもそんなの付けられないってオチだった筈だ。

その話に登場するのは、猫を怖がる鼠だったから。

でも、マダム・グローゼルは人だから、恐れもせずに鈴を付けた。

単なる猫じゃなくて、ケット・シーであるシャムに。

さて、この事に何らかの意味を感じてしまうのは、僕の考え過ぎだろうか。


「先生、クルーペ先生、入ります」

研究室の扉をノックし、開けて、中に踏み込む。

各種、素材の匂いが鼻を突く。

扉の内と外は、全く別の世界だ。

何が違うって、何度か述べてるように、危険度が。

僕の身は緊張感に包まれ、自然と背筋も伸びる。

返事はなかったが、クルーペ先生は中にいて、既に魔法薬の作成に取り掛かってた。

そうだろうとは思ってたので、僕も気にする事なく、自分の作業スペースに向かう。

クルーペ先生の研究室は、教室と同じくらいの広さがある。

時に僕のような生徒に使わせる為だろうけれど、それでも広い。

僕に貸し出される作業スペースを見ると、既に素材が用意されてて、作るべき魔法薬の書かれたメモがあった。

どうやら今日は、回復の魔法薬と、美声の魔法薬を、幾つかずつ作ればいいらしい。

あぁ、この美声の魔法薬は、鶏用じゃなくて、人間用である。

まぁ美声といっても、元々の声を、大きく遠くまで響くようにする魔法薬だ。

本来の声と全く別の声を出せるようになる魔法薬もあるが、僕はまだ、その作り方は習っていない。

シールロット先輩が作ってるのを見た事はあるから、何となくはわかるんだけれど、錬金術で勝手な真似をしようって思う程、僕は無謀じゃないから。

もちろんいずれは、自分で新しい魔法薬、未知の物を手探りで作ってみたいって思いはあるが、それはまだまだ先の話だ。

美声の魔法薬を、喉飴にするくらいなら、今でもできそうな気はするけれど……。

いやいや、それもまずは与えられた仕事を全てこなして、クルーペ先生に計画を話して、許可を得た上でやるべきだろう。

魔法で出した水で手を洗い、それから赤苦草を包丁で刻む。

喉に関わる魔法薬には、この赤苦草をよく使う。

この素材を扱うコツは、温度管理。

赤苦草の薬効は、熱ですぐに飛んでしまう。

この薬効成分はとても苦く、熱で飛んでしまった場合はそれが感じられなくなるので、失敗はわかり易い。

魔法で出した水に、刻んだ赤苦草と、黒柳の木の皮を加え、火にかける。

さっきも述べた通り、赤苦草の薬効は熱で飛ぶから、慎重に。

そしてここからが、錬金術の魔法たる所以、魂の力を注ぐ作業だ。

溶液に、望む効果が宿る事を、或いは素材の力が引き出されるイメージを描きながら、魔法と同じ要領で、魂の力を注ぎ込む。

それから、火から遠ざけ、漉し器を使って赤苦草と黒柳の木の皮を取り除きつつ、瓶に溶液を移す。

十分に冷めたら、栓をして、美声の魔法薬の完成だ。

この美声の魔法薬は、先日見た、王都の劇場で使われるらしい。

必要なのは、七本か。

残り六本、まずは美声の魔法薬から、片付けよう。

「すまない、助手君。ちょっと手伝いが欲しいんだ」

暫く作成に専念してると、クルーペ先生からのお呼びがかかる。

僕は火を止め、その作成を中断して、クルーペ先生の下へ向かう。

途中で火を止めてしまったから、一回分の素材は無駄になった。

けれども、それでもクルーペ先生の用を優先させるのが、ここを使う際のルールである。

さて、一体どんな手伝いをさせられるのだろう。

もちろん、無駄になった素材を惜しむ気持ちは皆無じゃないが、それよりも今から何が見られるのか、そちらの方に心が躍った。

◇◇◇

クルーペ先生の研究室に行かない日に関しては、その過ごし方は様々だ。

走り込みやトレーニングをしたり、魔法学校の周囲の森、その比較的だが安全とされる場所で、木に登ったり、虫を取ったり。

その虫の名前が何で、どんな生態なのかを、図書館の本で調べたり。

別に何にもなしで、図書館で好きに本を読んだりしてる。

今日の気分は図書館だった。

ウィルダージェスト魔法学校の本校舎、その二階の一室に、図書館はある。

そう、別の建物って訳でもないのに、その広さ、蔵書量は、図書室ではなく、間違いなく図書館の規模なのだ。

恐らく中の空間が、歪んで捻じれて広くなってるんだと思う。

錬金術で用いる採取の鞄は、中の容量が明らかに普通の何倍もあるけれど、それを大規模に応用したものが、この図書館なんじゃないだろうか。

そもそも、二階の扉から入るのに、中はどーんと天井が吹き抜けになってて、立ち並ぶ本棚はとても高く、何故か別に階段を下る地下室もある。

普通に考えると、上の階と下の階は図書館に潰されてしまってる筈なのに、そうした話は聞いた事がない。

入り口付近の本棚には、魔法と関係のない蔵書が多い。

例えば国の歴史とか、普通の動物図鑑とか、お伽噺を纏めた本とか、そのような。

そこからもう少し奥に進むと、魔法に関連する書物が並ぶスペースだ。

動物図鑑は、魔法生物の図鑑へと変わり、お伽噺も魔法的に解釈された本になる。

もちろん、錬金術に関わる本も沢山あった。

魔法に関する書物が並ぶスペースも、基本的には、入り口に近い方が初等部向けで、奥に進めば高等部向けの本棚が増えて行く。

更に奥には、禁書の本棚が並ぶそうで、僕はまだ近付かないようにと、図書館の司書、フィリータという名の、恐らく若いんだろう女性に言われてた。

その言い付けは守ってるから、僕は禁書の本棚にはどんな本が眠ってるのか、そこから先、果てがないようにも見える図書館の奥には何があるのか、まだ知らない。

この魔法学校で、駄目って言われる事は、大抵は真剣に危ないから。

但しその危険を乗り越えられる知識と実力が身に付けば、やがては利用の許可も下りるだろう。

地下室への階段は、フィリータが座ってる席の後ろにあって、これも許可を取らなければ立ち入りはできない。

何でも、本ではない古代の遺物、資料等が収められているんだとか。

高等部で黄金科に進めば、入る事があるかもしれないなぁ、くらいに思ってた。

「あら、ようこそ、猫の少年。今日は何の本をお探しでしょう。また虫の図鑑かしら？」

司書のフィリータは、まさに図書館の主というべき存在で、彼女のところに赴けば、希望の本を出してくれる。

特に目的がなく、気になる本を探したかったり、本に囲まれた空間を歩き回る事でインスピレーションを得たいなら、自分で本棚を見て回るのも悪くはないが、目的があるならフィリータに聞いた方が圧倒的に早い。

今日は、一応は探して欲しい本があった。

「いえ、今日は、悪霊に関して調べたくって。何かいい本、ありますか？」

僕が要望を出せば、フィリータは何度か頷き、杖を手に取り、二度手前にクッ、クッと振る。

すると奥の本棚から、本が二冊飛んで来て、僕の前に重なった。

タイトルは、一冊はそのままズバリ、『悪霊とは』。

もう一冊は、『星の世界』と書いてある。

「一冊目が、ご希望通りに悪霊とは何かって書いてる本で、もう一冊は、直接的に悪霊を書いてる訳じゃないけれど、どうして悪霊が夜に動くのかがわかる本ね。他にも、娯楽の怖い物語とかあるけれど、そちらも興味はおあり？」

悪戯（いたずら）っぽく、そう言うフィリータに、僕は慌てて首を横に振る。

流石に、ホラー小説を読みに来た訳じゃない。

それから僕は、フィリータにお決まりの注意事項、本を汚さない、破らない、勝手に持ち帰らない等と、恐らく僕専用の注意事項である、猫に本を汚させない、猫に本を破らせない等を聞いてから、本を読む為の席に着く。

机の上の書見台に本を置き、ページを開けば、肩に乗ったシャムも、身を乗り出して覗（のぞ）き込む。

この本によると、悪霊とは何かを説明するなら、魔法の一種であると答えるのが、最も正解に近いそうだ。

魔法使いは、魂の力を用いて理（ことわり）を塗り替え、魔法を行使する。

普通の人と、魔法使いを分けるのは、この魂の力の強さだろう。

しかし普通の人にも、弱くとも、魂の力は存在していた。

そしてこの普通の人にも存在してる魂の力が、何かの切っ掛けで強く発揮され、理に影響を与え、魔法を織り成す事はある。

例えば、そう、非業の死を遂げた時とか。

悪霊とは、そうして織り成された魔法である。

世界に染み付いた、魂が焼けた跡、という言い方もできよう。

ただ悪霊の織り成され方は、様々だ。

非業の死を遂げた一人の力で悪霊が形成される事もあれば、大勢の民衆が彼、または彼女は悪霊になったのだと信じる事で、魔法が補強されるケースもある。

戦場で大勢が死んだり、賊に村が虐殺されたりした場合、多くの魔法が折り重なって、一つの悪霊という魔法になる場合もあるらしい。

多くの悪霊は、その誕生の経緯から、人を傷付けようとする事が非常に多い。

また人を傷付け、苦しめ、殺せば、自分が誕生した時と同様の魔法が発生すると知っており、自らを補強する為にも、人を襲う。

悪霊を倒す場合は、魔法を用いるのが最も効果的である。

理を染めている悪霊という魔法を、別の魔法で塗り潰すのだ。

もしも魔法を用いずに悪霊を倒す場合、新たな犠牲者を出させず、悪霊が存在するという噂を否定し、悪霊という魔法の補強を防ぐ。

そうすれば次第に、理は修復され、悪霊という魔法は消えるだろう。

悪霊は所詮(しょせん)、不完全な魔法でしかない。

その証拠に、悪霊は夜にしか活動ができなかった。

何故、夜なのかといえば、夜は星が空に輝き、異なる世界の理の影響を受け、世の理が揺らぐ時間帯だからである。

「……異なる世界か」

『悪霊とは』を読み終えた僕は、次に『星の世界』を書見台に置いた。

この本によると、夜空に輝く星々には、全てに別の世界があるそうだ。

それは灼熱の世界かもしれない。或いは凍れる世界かもしれない。

生き物なんて何もいないかもしれないし、逆に想像も付かない何かが住んでる世界かもしれない。

時折、この世界に、異なる世界からの来訪者があるという。

尤も、世界の壁は肉体を保持したままでは越えられず、魂のみが光に乗ってやってくる。

そうした魂がこの世界で肉体を持つと、異なる世界に生きた記憶、『星の知識』を持つ者が生まれるそうだ。

もちろん、星の知識を持つ者の全てが邪悪という訳ではないが、彼らは往々にして独自の理で動き、世界に混乱を齎す事が少なくない。

また世界の壁を越えられる程の魂は、当然ながら強い力を持っていて、その名は幾度も歴史に刻まれた。

大破壊の魔法使い、ウィルペーニスト、星の灯という宗教の開祖、グリースター……。

「なぁ、キリク。おいって、顔色、悪いぞ。本の読み過ぎで気分が悪いなら、もう出よう」

顔にべちべちと、いや、ぐにぐにぷにぷにと、柔らかな物が押し付けられて、耳元でシャムが囁くように、そう言ってる。

ふと気付くと、寒気を覚えて、身体が震えた。

あぁ、うん、確かに、気持ち悪い。

今日は、このくらいにしよう。

この本を読み切るのは、今の僕には無理だ。

ウィルペーニストに、グリースター。

その名前だけは何とか憶(おぼ)えて、僕はフィリータに本を返却し、図書館を後にする。

異なる世界、星の知識……。

僕も、もしかしたら、この世界に混乱を齎してしまうのだろうか。

◇◇◇

「キリク君！　シャムちゃんも、ようこそ、いらっしゃい！」

夏期休暇に入って二週間が過ぎた頃、僕とシャムは、ポータス王国の王都に住む、パトラの家に招かれた。

恐らく僕に、というよりはシャムに会いたかったんだろうけれど、丁度少しばかり気持ちが滅入(めい)ってたところだから、その誘いはありがたかった。

僕は招いてくれた礼の心算(つもり)で、肩に登ってたシャムを手で捕まえて、一度抱きかかえ直してから、パトラの胸の中に押し付ける。

歓声と共に抱き締める彼女に、シャムは売り飛ばされたと言わんばかりの非難がましい表情でこちらを見るが、売り飛ばしたんじゃなくて、あくまで貸与だ。

だからそんなに問題はない。

シャムを抱えたパトラに家の中を案内されながら、

「夏期休暇はどう？」

僕はそう問うてみる。

実家に帰った友人が、どんな風に過ごしてるのか、ちょっと興味があったから。

するとパトラは、恐らく客間の扉を開けながら首を横に振り、

「久しぶりの家も、最初は気楽だったけど、ちょっと退屈よ。前はそれが当たり前だったのに、今は魔法学校が楽しいわ。シャムちゃんにも会えるし。あ、ここに座ってね」

唇を尖らせてそう言いながら、僕に着席を勧めてくれた。

そっかぁ。

まぁ、確かに町での暮らしに比べたら、あそこは飛び切り刺激的だから、短い休みならともかく、長く実家で過ごしてると、退屈に感じてしまうのかもしれない。

「でもパパは、長い休みは家で過ごしなさいって言うの。寮で寝起きしてても、たまにはちゃんと帰ってくるのに」

不満げな様子のパトラに、僕は思わず笑みを溢す。

どうやら彼女は、家族からとても愛されてるらしい。

多分、それは恵まれた事なんだけれど、それはそれとして、不満は出てしまうのだろう。

実際、僕らにとっては、ウィルダージェスト魔法学校と王都は、空飛ぶ魔法の馬車に乗れば、小一時間の距離だ。

何なら王都に住んでいても、通えてしまうんじゃないかって思う。

しかし普通の人にとっては、どこかずっと遠くにある、得体の知れない場所である。

例えるなら、僕らはスクールバスで移動するのが当たり前の感覚だが、普通の人は徒歩以外に移動手段を知らない、みたいな感じだ。

いや、もっと悪いか。

単に遠いだけじゃなくて、普通なら辿(たど)り着けない場所なんだから。

パトラを愛する父親が、長期の休みくらいは家で過ごして欲しいと言うのも、無理はない。

それから少しの間、彼女と雑談に興じていると、パトラの母親が焼き菓子とお茶を持って来てくれたので、挨拶をしておく。

優しそうな人だった。

恐らく、母親としてはパトラがどんな風に学校で過ごしてるか、話を聞きたかったんだと思うが、子供にしてみれば当然ながらそれはとても恥ずかしいので、客間から強引(ごういん)に追い出しにかかってる。

その隙に、シャムはパトラの腕の中から抜け出して、僕のところに帰還を果たす。

不満げに、僕の顔を前脚で突いて来るから、焼き菓子を小さく割って、食べさせて機嫌を取っておこう。

尤も、シャムだって本気で不満に思ってる訳じゃない。

だってその気になれば、パトラの腕の中から強引に逃げ出すのなんて、シャムにとっては簡単だから。

けれども明確な隙ができるまで逃げなかったのは、シャムがパトラに抱かれるのを、嫌がってはいなかった証左であった。

まぁそれはそれとして、僕に売られたのは不満みたいだが。

パトラが親子でじゃれているから、僕もその間は、シャムとじゃれる。

今日はとても穏やかな日だ。

パトラの家は、代々このポータス王国の王都で大工をしてるらしい。

この家は彼女の祖父が建てたそうで、ちょっとユニークなつくりをしてるそうだ。

正直、僕には全く違いがわからなかったけれども。

そもそも僕は、ポータス王国の建築様式に詳しくないから、元を知らねば当然ながら違いなんてわかろう筈がないし。

ただパトラの家に置かれてた家具が素晴らしい事はわかって、それらは彼女の父親が作った物だった。

こうした家具を、錬金術で魔法の品にするのも、面白そうだなぁと思う。

職人に作って貰った品を素材とするのも良いけれど、できれば自分で、一から木材の加工をして。

その方が、きっと細かな部分にまで自分の意思を反映できて、魔法の品にし易くなる筈だから。

パトラに頼めば、彼女の父はそれを教えてくれるだろうか？

それともやはり、商売のタネは他人には教えられないんだろうか？

大工の跡取りには、パトラの兄がなる予定で、今も修業中なんだそうだ。

その修業の様子は、是非一度見に行きたい。

今すぐにではなくとも、そのうちに。

そう考えると、パトラの父親と兄には、是非とも挨拶をしておきたかったが、……娘を持った父親というのは時に厄介な存在でもある。

初回は拗れないように、早めに退散しておくべきか。

王都にあるパトラの家は、他の友人達に比べれば格段に訪れ易い。

これから先も、遊びに来る機会はあるだろうから。

その時は何か、手土産も用意して来よう。

今日のところは、作り過ぎた、自分が怪我をした時用の回復の魔法薬くらいしか持ってない。

あぁ、でも大工は怪我も多い仕事だって聞くし、これはこれで喜ばれるだろうか。

出来はクルーペ先生のお墨付きだから、パトラの母親に、一つ手渡しておく事に決める。

……後は、パトラがシャムに構うのに満足したら、夕飯前には帰ろうか。

◇◇◇

ウィルダージェスト魔法学校にも、雨は降る。

但しそれは結界の外、ポータス王国の天気とは無関係で、外の天気が晴れていようと雨だろうと、二週間に一度くらいは雨の日があった。

恐らく、結界内の環境の維持に必要だから、誰かが魔法で雨を降らせているんだろう。

天候を操(あやつ)る魔法なんて、あまりにも高度過ぎて、それがどうやれば成せるのか、今の僕には想像も付かないけれども。

まぁ、そんな事はさておいて、雨の日ってどうにも、やる気が出にくい。

授業があったり、シールロット先輩のアルバイトがあったり、クルーペ先生の研究室で魔法薬を作る日なら、やらなきゃいけない事があるからって、自然と体は動くのだけれど……。

今日は生憎(あいにく)、予定もなかった。

いや、やる事がない訳じゃないのだ。

夏期休暇の課題だって、まだ幾らかは残ってる。

だけど雨音を聞きながら机に向かう気には、今はどうにもならなかった。

ちなみに課題が出てる授業は、魔法学と一般教養で、実技に関しては初等部の生徒は魔法学校外での魔法の乱用は避けるべしとの考え方から、長期休暇の課題は出ない。

魔法学の課題は、前期の授業で紹介された魔法生物の、注意すべき点とその対処法の纏め。

一般教養の課題は、自分の出身国の歴史の纏めで、こちらは流石にジェスタ大森林に関して書く訳にもいかないから、ポータス王国の歴史で書いている。

どちらも、進行具合は半分以上といったところか。

こんな日は本を読むのに向いてるが、最近はあまり図書館に足が向かなくて。

もしかしたら僕は、図書館に行くとあの、『星の世界』の続きを読まなきゃいけないって思ってしまうから、それを恐れてるんだろうか。

だとしたら、随分と情けない話なのだけれども。

ベッドに寝転がって目を閉じると、ざぁざぁと、雨粒が地を打つ音が聞こえた。

この音に耳を傾けてると、不思議と落ち着く。

森はどうなっているだろう。

あぁ、森っていっても、ジェスタ大森林じゃなくて、魔法学校の周囲の森だ。

ファイアホースはたてがみが濡(ぬ)れる事を嫌って雨宿りをしてるだろうし、逆に雨を浴びて活気付く生き物もいる。

例えば、普段は泉にいて近付くものを丸呑(まるの)みにしてしまう巨大カエルは、雨の日は泉の周りを離れて散歩するらしい。

木々に生(な)る種や実が雨で地に落ちれば、雨が上がると同時に、それを求めて動物達が動き出す。

雨の翌日に訪れれば、普段とは少し違う森の表情を見る事ができる。

まぁ、それは明日の話なので、今日の動く理由にはならないが。

……雨か。

魔法で雨を降らせる仕組みは思い付かないが、広範囲に魔法薬を散布するなら、これ程に適した魔法はないだろう。

いずれは僕も、その仕組みを理解して、扱えるようになるだろうか。

そういえば、一般教養で歴史を学ぶ際にも、この雨を降らせる魔法は、時々だが話に出てくる。

ある国が敵国からの強襲を受けた際、三日三晩大雨が降り続き、敵軍は碌(ろく)に身動きが取れなくなった話だとか。

防衛の軍が間に合えば、雨風に兵士達が弱ってしまった敵軍は、簡単に敗走したそうだ。

天をも焦(こ)がす大火よりも、雨は時に恐ろしい。

だから僕がぐったりしてしまうのも、雨の日は仕方ないのだ。

しかしそんな寝言を、口にはしないが弄(もてあそ)んでると、

「いい加減に、おきろ!」

タッタッと、見事なジャンプで椅子(いす)から机、机からベッドの縁へと飛び移ったシャムが、更に大きくジャンプして、声と共に僕の顔の上に降ってきた。

……ぐぶぇ。

結構な衝撃が鼻から脳へと走り抜けて、目がチカチカと光を放つ。

「ちょっと、流石に、顔は酷(ひど)くない?」

僕は、顔の上のシャムの身体を手で掴(つか)み持ち上げて、その仕打ちに抗議する。

だがシャムはフンと鼻を鳴らすと、

「何が酷いもんかい。別にキリクがごろごろするのはいいさ。でも君がいないと、ボクだけじゃ食

堂で注文もできないんだからな！」

憤懣やるかたないといった様子で僕を睨んだ。

あれ、もうそんな時間か。

それは完全に僕が悪いや。

朝は一緒に食堂で食べたが、そこから先はずっとゴロゴロしてて、もうお昼を過ぎていた。

今日はやらなきゃいけない事はないなんて思ってたが、とんでもない。

シャムと一緒に食堂でご飯を食べるのも、立派に僕がやらなきゃいけない事だ。

僕はシャムを下ろしてから、よしっ、と気合を入れて身を起こす。

うじうじ、うだうだは、もう十分にしただろう。

まずは食堂に行ってご飯を食べて、それから少し、本校舎を探検でもしてみようか。

雨の日の本校舎は、きっと何時もと雰囲気も違うだろう。

或いは、雰囲気以外の何かも違っているかもしれない。

本校舎に関しては、僕よりもシャムの方がずっと詳しいから、案内役は彼に任せて。

まぁ、まずはご飯を食べながら、シャムの怒りを解いてからの話になるけれど。

動くと決めたら、僕のお腹はグゥと鳴り、そのタイミングの良さに、どちらからともなく、笑いが漏れた。

◇◇◇

本校舎は、多分上空から見下ろせばロの字型の建物になるんだと思う。

真ん中には広い中庭があって、ちょっとした公園みたいになっている。

別に遊具があるって訳じゃなくて、ベンチがあって、ところどころに手入れのされた木が生えて、花壇があるって意味で。

そして中庭を囲む形で、城のように堅牢で壮麗な石造りの建物があって、これが校舎になっていた。

初等部が利用するのは、この本校舎の一階が主だ。

本校舎の入り口は南の中央にあって、僕らはここから出入りしてる。

一年生は一階の主に左半分、西側を使用して、二年生になったら右半分、東側を使うらしい。

普段使う教室や、錬金術用の教室、トイレに、それから何に使うのかよくわからない鍵のかかった部屋が、無数に並ぶ。

中には、本校舎を掃除する魔法人形の待機室、みたいなものもあるという。

二階には職員室や校長室、それから図書館があって、僕も何度か立ち入っている。

クルーペ先生の研究室も、二階の一画だし。

他には音楽室もあるみたいだけれど、僕はそこを誰かが使ってるところは、見た事がなかった。

しかし、誰かが楽器を奏でる音は、たまに聞こえて来るんだけれども。

三階から上は、高等部が使うらしい。

北西には水銀科へ、北には黒鉄(くろがね)科へ、北東には黄金科へ、それぞれ続く渡り廊下が三階にはあって、高等部の生徒はそれを使って本校舎と別校舎を行き来してるそうだ。

ちなみに三階に上がる階段を、僕は見た事がなかった。

外から見る限り、恐らく建物は五階まであって、北西、北東、南西、南東の四ヵ所には、塔のような物も建ってるんだけれど、三階より上には行けてないので、当然ながら詳しい事は何もわからない。

地下には魔法の練習場があるのは、以前にも言ったと思うけれど、スペース的には、地下には他にも何か大きな部屋があってもおかしくはないと思う。

それから外は、グラウンドは本校舎から見て東側にあって、西側には式典なんかが行われる大きな講堂。

忘れてはならない、僕らが暮らす卵寮は、本校舎から少し離れて南西だ。

真(ま)っ直(す)ぐ南には旅の扉の泉が、更に南に行けば魔法の馬車の発着場があった。

最後に森に関しては、魔法学校の全周をグルッと囲ってるから、どの方角を向いてもその先には森がある。

もちろん途中に、魔法学校を守る為の高い塀があって、門を通らないと森には辿り着けないけれど。

この塀が、一つ目の結界の境だ。

一つ目の結界は、ごく単純な守りの結界。

物理的な塀の頑丈さと、魔法の守りの二つによって、魔法学校は守られている。

二つ目の結界の境は、森の中程にあるらしく、その内側を異界にしていて、普通の人間には入り込めない。

何せ世界が違うのだから。

更に三つ目も、森の出口付近にあるそうで、二つ目と三つ目の結界の間には、濃い霧が立ち込めていた。

悪意を持って森に入れば、或いは悪意なんてなくてもうっかり迷い込んでしまったなら、……まぁ、無事では済まないだろう。


さて、僕らが今日、探索するのは、本校舎の中庭だ。

どうして雨の中、傘をさして中庭に出なきゃいけないんだって、そりゃあ思わなくもないけれど……。

シャム曰(いわ)く、ここには雨の日にだけ姿を見せる謎(なぞ)が、あるらしい。

中庭には、中央に例によって守り手たる生きている像(リビングスタチュー)が配置されてる台座があるんだけれど、その正面には石畳が敷かれてる。

そしてその石畳の一部は、何でも水に濡れると、数字が浮かび上がってくるそうだ。

何故、シャムがそんな事を知ってるかといえば、彼が独自に本校舎の色んな場所を探索してるからに他ならない。

シャムのサファイアブルーの瞳(ひとみ)、というか、妖精の一部が持ってるらしい、妖精の瞳は、世界の理のズレを見抜く。

ちょっと理解が難しい話なのだけれど、魔法が引き起こした現象じゃなくて、魔法その物が見えるという。

要するに、例えば発火の魔法なら、燃えてる火だけじゃなくて、魂の力が理を塗り替える瞬間から見えているという意味だった。

僕ら、魔法使いも、魔法を感じる事はできる。

錬金術で作られた魔法薬を見れば、それが単なる薬じゃないって感じるし、魔法人形が動きを止めていても、何かあれば動くんだろうなってわかる。

これは魔法使いの魂が、他の魂の力を感じるかららしい。

そしてその感覚は、魔法使いとしての実力が磨かれる程に、鋭くなっていく。

ただ、当然ながらその感覚を誤魔化(ごまか)す技術も存在してて、それが魔法の隠蔽だ。

僕が、本当ならある筈の、本校舎の二階から三階に上がる階段を見付けられないのは、それが魔法で隠された上に、その魔法自体も隠蔽されてるからだった。

しかし妖精の瞳は、その隠蔽すらも見抜いてしまう。

何故なら人には、妖精のように魔法を見る事ができない為、その隠し方がわからないから。

故にシャムには、雨に濡れなければ現れない魔法の仕掛けも、晴れの日から見えていたという訳である。

尤も見えてたからって、その仕掛けが解けるのかって言うと、それはまた別の話になるのだが。

「んー……、これ、なんだろう？」

雨の中、片手で傘を差し、もう片方の手で胸にシャムを抱えた僕は、首を傾げる。

生きている像の台座の正面に敷かれた石畳は、三十二枚。

十六枚の正方形が二つ並んで、長方形。

シャム曰く、この石畳の全てに魔法が掛かっているのが見えるらしい。

だが実際に数字が浮かんでるのは、左上に三枚だけ。

しかも左上の一番隅には数字は浮かばず、それを囲むように、右は1、右下は2、左下も2と、数字が出てる。

数字パズル、ではないだろう。

これだとあまりにヒントが足りない。

だけどこれが謎解きなら、このヒントだけで次に進める筈なのだ。

何だっけ、これ。

こういうの、何かで見た事があるというか、脳味噌のどこかに引っ掛かる。

……この左上の一番隅は、触っちゃいけない奴な気がした。

恐らく、罠、だよね。

流石に、中庭の誰にでも来れる場所に、そんな酷い罠は仕掛けられてないと思うけれども、敢えて触りに行こうとは思わない。

罠、罠か。

あ、もしかして、これ、マインスイーパーか。

いや、この世界には地雷なんて存在しないだろうから、その呼び方は違う気もするが、でも恐らく、解き方は変わらない。

１２
○２

この形だと間違いなく、○の部分は地雷で、罠のトリガーになっている。

マインスイーパーの数字はそのマス、この場合は石畳だが、その周囲に何個の地雷が埋まってるかを示す。

１の周囲には一つ、２の周囲には二つって具合に。

なので○の部分が地雷じゃないと、この形にはなり得ない。

既に１の周囲に一つの地雷が出てるから、その右と右下は確実に安全。
○の下の２は、その下か右下に地雷がもう一つ埋まってるって意味だ。
僕はシャムに肩に上がって貰ってから、空いた手で、１の右の石畳に触れる。

すると別の石畳にも、数字が幾つも現れた。

あぁ、やっぱりそうだ。

まさかこんなところで、マインスイーパーを解く事になるなんて思いもしなかったけれど、理屈がわかれば後は簡単だろう。

謎解きは、解けてしまえば実に気分がいいものだ。

僕は地雷の石畳には触れる事なく、その全ての地雷の位置が把握できるように、他の石畳に触れて数字を出していく。

後に何が起きるかなんてのは、あまり深くは考えずに。

そして完全に謎が解き終わると、石畳はぐらりと揺れて、ズズッと音を立てて一部が地に沈み、台座の前には、地下に降りる階段が、現れた。

◇◇◇

「お、やったな。キリク、早く降りてみようよ」

急に開いた階段に、僕は吃驚(びっくり)して、誰かに見られてないか周囲を確認したが、シャムは周りなんて気にした風もなく、謎が解けた事を喜んでる。

……入って、大丈夫だろうか？

いや、そりゃあ、僕だって中がどうなってるかは、気になるけれど。

視線を上げて、台座の上の生きている像をジッと見詰めてみても、特に動き出す様子はない。

どうやら僕は、謎を解いた事によって、中に入る権利を得たのだろう。

もしそうでなかったなら、広場の守り手である生きている像は、僕を止めようとする筈だから。

「そうだね。じゃあ、入ろうか」

幸い、階段が現れた音は雨に紛れたし、夏期休暇の、こんな天気の日に、中庭を訪れる物好きは他にはいなかった。

僕は階段を降りながら、傘を閉じ、代わりに杖を取り出して、翳(かざ)す。

「光よ、灯(とも)れ」

そして呪文を唱えると、杖の先に光が灯る。

前期の戦闘学の試験で、ギュネス先生に目晦(めくら)ましに使われた、光の魔法だ。

もちろんあれは、とても特殊な使い方で、本来はこうして暗い場所での光源に使う。

柔らかな光に照らされた階段を最後まで降り切ると、そこに在ったのは、扉もない小さな小部屋。

部屋の真ん中には文字が刻まれた台座があって、その上には箱が一つ置かれてる。

「えぇっと、……星が齎した法則を知る者か、知らずとも読み解く知恵者か、偶然に仕掛けを解ける運良き者か、君がいずれなのかはわからない。けれども君は、何かを持った人である。その資質を、正しき事に使うよう私は祈る。仕掛けを解きし君、私の贈り物を、受け取られよ。これは他の仕掛けの、鍵でもある。ハーダス・クロスター」

台座には、そんな風に書かれてた。

それを読み上げてるうちに、僕は自分のしてしまった、失敗にも気付く。

星が齎した法則を知る者。

僕はこれになるのだろう。

つまり『星の世界』という本に書いてあった、星の知識を持つ者だ。

あのマインスイーパーを解く事で、僕は自分がそれであると、自ら証明してしまったようなものだった。

雰囲気に飲まれたとはいえ、好奇心から、謎解きの楽しさから、躊躇（ためら）いを忘れてその知識を使ってクリアしてしまったけれども、仕掛けを作った側が、それが異なる世界から齎される知識であると、知らない筈がなかったのに。

ハーダス・クロスターって、確か先代校長の、ウィルダージェスト魔法学校の深刻な問題であった、黄金科、水銀科、黒鉄科の争いを小さくしようと、初等部を一つにするって改革した人だっけ。

彼もまた、星の知識を持つ者だったのだろうか。

贈り物だという箱を開けると、中に光ってたのは、一つの指輪。

シャムを見れば、興味なしとばかりに首を横に振るので、右手の人差し指に嵌めてみると、僕の指には大き過ぎた指輪がスゥっと縮んで、ぴったりとしたサイズに変わる。

慌てて指から抜いてみれば、……別に抜けないなんて事はなかった。

ごく単純に、サイズを調節する魔法が掛かった指輪らしい。

いや、でもこれ、魔法の発動体だ。

サイズを調節する魔法の掛かった、指輪型の魔法の発動体。

金で買えば幾らくらいするのか、ちょっと考えたくもない。

しかも、先代校長であるハーダス・クロスターが遺(のこ)した、他の仕掛けの鍵でもあるというのだ。

「これ、貰っちゃっていいのかなぁ」

ハーダスがどこに仕掛けを遺したかといえば、当然ながら、このウィルダージェスト魔法学校になるだろう。

教師の誰かに、いや、マダム・グローゼルに、渡すべき代物じゃないだろうか。

「んー、仕掛けを解いた人に贈るって書いてあるんだから、貰えばいいと思う。キリクが、そのハーダスって人の言葉の通り、正しい事に自分の力を使う心算なら、そのご褒美だよ。そうじゃないなら、手放した方がいいかもしれないけれど、さ」

でも僕の呟(つぶや)きに、シャムはそう言葉を返した。

あぁ、うん、そうかもしれない。

ハーダスが、何を正しいと考えた人なのかはわからないけれど、僕は魔法使いとしての力も、星の知識も、悪い風に使おうなんて考えてなかった。

ただ、ご褒美って言われると、ちょっと嬉(うれ)しいな。

僕は、ハーダスがどんな人だったのか、初等部を改革したって事くらいしか知らないけれど、ちょっと調べてみようと思う。

図書館にならば、先代校長がどんな人だったか書かれた本も、きっとある筈だ。

あの本の続きも、今ならもう、読める気がした。

「それにその指輪があれば、他の仕掛けも謎解きできるんでしょ」

楽しげに言うシャムに、僕も頷く。

まぁ、問題があれば、向こうからそう言ってくるだろう。

何しろ、マダム・グローゼルはシャムに付けた鈴を通して、その動向を把握してる。

彼女が中庭の仕掛けを把握してないなんて事はないだろうから、それを解いて中に入ったのも、きっとバレている筈だった。

後ろめたいと思う必要はない。

僕は確かに、星の知識、異なる世界に生きた記憶の持ち主だ。

しかしそれで、誰かに顔向けできないような真似をした事はないし、これから先も、する心算はない。

もしもマダム・グローゼルに問われれば、堂々と是と答えよう。

隠そうと思えば思う程、それは罪の意識となって僕を苛む。

別に自分からひけらかすような事ではないけれど、見抜かれたなら、嘘を吐いてまで隠すような大仰な物でもない。

それより、もっと楽しくなれる何かに、意識を向けよう。

例えば、シャムと一緒に、ハーダスの謎解きをしていくとか。

もしかすると、先代校長はその為に、わざわざこれを遺してくれたんじゃないだろうか。

そんな風に、今は思えた。

僕はそう、思いたかった。

多分、他の人には些細な事に感じられるかもしれないけれど、僕のような存在を予見した上で、その将来が善いものであるようにと願ってくれた人がいるというのは、とても心を勇気付けてくれたから。

僕はハーダスという……、いや、ハーダス先生という教育者に、救われた気分になれたのだ。

◇◇◇

夏期休暇も後半に入ると、そろそろ課題を完全に片付けておこうって気分になる。

魔法学で出された夏の課題は、前期に習った魔法生物の注意すべき点と、その対処法の纏めを作る事。

尤も魔法学で学ぶ範囲は広く、魔法生物はその一つに過ぎないので、前期の授業で教わった魔法生物の種類は、実はそんなに多くない。

何故なら広い森の中でも、初等部の一年生である僕らが入れるのは、ほんの一部でしかないからだ。

学年が上がれば、もっと魔法学校から離れた場所に入る許可もおり、色んな魔法生物が見られるのだろうけれど……、それはまだ先の話である。

僕らが森の奥に足を踏み入れるには、もっと知識と実力が必要だった。

魔法学の、前期の授業で習った魔法生物の中で、特に危険があるとすれば、ファイアホースか、ジャイアント・ウシ・トードだろう。

ファイアホースは、燃えるたてがみを持った馬で、何の工夫もなく触ろうとすれば大きな火傷（やけど）を負う事になる。

敢えて人を害しようとする魔法生物ではないのだが、ファイアホースは警戒心が強く、下手に脅かしてしまうと、暴（あば）れ出（だ）してしまう恐れもあった。

まぁ、正しい知識と誠意を以（も）って接すれば、避けられる程度の危険でしかないが。

ジャイアント・ウシ・トードは、ぶおー、ぶおー、と醜い声で鳴く、巨大な化け物カエルだ。

普段は水場に住んでいて、水を飲みに来た動物を、舌で絡（から）め取ってごくりと丸呑みにする。

場合によっては人間ですら呑み込もうとしてくるので、ファイアホースとは違って、向こうから危害を加えて来るって意味で、危険な魔法生物だろう。

ただ対処法は簡単で、鎧でも盾でもいいから、防御の魔法を使ってやれば、舌が障壁に触れた途端、悲鳴を上げて逃げ出す。

他にも、魔法が使えない状態なら、ナイフでジャイアント・ウシ・トードの舌を傷付けてもいい。

ジャイアント・ウシ・トードの舌は、獲物を捕らえる武器ではあるが、同時にそれを味わう感覚器官でもあるので、非常に繊細で痛みに弱いのだ。

そうであると知っていれば、対処のしようは幾らでもあった。

他には、森で声を聞くと迷うとされる惑わしの鳥、うっかりと胞子を吸い込めば眠気に襲われ、そのまま間近で眠ってしまうと菌床にされるマタンゴ辺りも、危険と言えば危険だろうか。

尤も惑わしの鳥は、不思議な声に招かれていると感じた時点で、足を止めて暫く動かなければ、迷わされてしまう事はない。

また魔法を使えば、迷った後でも元の場所に戻る事は難しくなかった。

マタンゴは、胞子を吸い込まないのが一番だが、うっかり吸い込んでしまっても即座に眠る訳じゃないから、すぐさま引き返してマタンゴから離れる。

余程に大量の胞子を吸わねば、意志の力で意識を保ち、その場を離れられるだろう。

継続して胞子を吸わされ続けなければ、菌床にされてしまう事はない。

鎧の魔法で胞子を遮断するのもいいだろう。

但し、マタンゴがあるからって火の魔法で燃やそうとすると、撒き散らされた胞子も燃え上がって、思わぬ災害を招く可能性があるから、そこは注意が必要だ。

ファイアホースのたてがみは、貴重な錬金術の素材になる。

ジャイアント・ウシ・トードの舌は非常に美味な珍味らしい。

惑わしの鳥の尾羽は、それでチャーム、護符を作って所持すると道に迷う事がないという。

マタンゴの胞子は、非常に優秀な睡眠薬の材料だった。

魔法生物は、扱い、接し方を間違えればどうしても危険は付き纏うが、正しい知識はその危険を限りなく低下させ、魔法生物を益ある存在にするだろう。

その辺りをつらつらと、ペンで紙に書き記す。

最後の辺りは、少し余計だったかもしれない。

ちょっと錬金術が入りかけてる。

まぁ魔法学の授業自体が、浅く広い範囲をカバーして、他の科目の前提知識を与えてくれるって性質があるから、それも仕方ない話だ。

例えば、最近は魔法陣の存在を教わったけれど、これは初等部の二年生になると増える、魔法陣学の授業で本格的にやるらしい。

今は、そういったものが存在してるよって、少し教えてくれる程度だった。

ちなみに魔法陣がどんな物かといえば、詠唱の言葉の力以外で、魔法を補強する手段の一つであり、長く魔法の効果を留める手段でもあり、錬金術以外で魔法のアイテムを作成する方法でもあった。

何だか聞いてる限りでは、色々できてすごく便利そうだから、早く教えて欲しいと思う。

高等部の科の中では、黒鉄科が魔法陣の研究を進めてて、先代の校長であったハーダス・クロスター、ハーダス先生も魔法陣を得意としたとされる。

んー、こんなところかなぁ。

余計な事を書いてる気もするし、何だか物足りない気もする。

書いて良いなら、それぞれの魔法生物の素材を具体的にどうやって加工していくかとか、沢山書きたくなるんだけれど。

尤もジャイアント・ウシ・トードの舌だけは、食べた事がないので、何も書けない。

牛タンみたいなものだろうか。

未知の食にはとても興味があるけれど、魔法学校の周囲に生息する魔法生物を、狩って食べるというのは、些か気が引ける。

恐らく、あの魔法生物達は、今は完全に馴染んではいるが、元々は何らかの目的があって集められたものだと思うから。

実際、ファイアホースの縄張りは、森の中でも燃え難い木々の生えた一画だ。

あれって、恐らくわざわざ、そういう環境を魔法学校側が整えて、そこにファイアホースを住まわせたんだと思う。

つまりあそこの魔法生物は、森という自然な環境に生息してはいるけれど、魔法学校に管理された、いわば財産でもあった。

他人の財産を、勝手に狩って食べてはいけない。

それは物凄く当たり前の話だ。

僕は人里離れた未開の地、ジェスタ大森林の出身だけれど、野蛮人ではない。

寧ろ僕を育ててくれたケット・シー達は、人よりもよっぽど優雅な生き物なのだから。

あぁ、ジェスタ大森林なら、完全に野生のジャイアント・ウシ・トードもいるだろうし、僕がもう少し実力をつけて、ケット・シーの村にも気軽に赴けるようになったなら、あちらの森で狩ってみよう。

◇◇◇

ポータス王国の王都の傍(そば)には、大きな河川が流れてる。

その名前は、ウィリーダス川。

水量は豊富で、川の流れも意外に早く、魚も多く棲(す)む。

流れる水は耕作地に引き込まれて農業に、水車を用いた工業に、水運による商業にと、王都の発展の全てを支えていた。

ただごく稀(まれ)にだが、水に落ちて流される人も出て、そうした場合は骸(むくろ)が見付かる事すら少なく、昔は川底に魔法生物のケルピーがいて、人を水中に引きずり込むのだなんて、恐れられていたという。

今日、僕がポータス王国の王都に来て、更にこのウィリーダス川の傍に来てるのは、ここに木材の加工場があるからだ。

上流で切られた木は、丸太のまま大きな筏(いかだ)のように組まれ、川に流して運ばれる。

王都に辿り着いた筏は、分解されて川から引き上げられ、風通しの良い保管庫で乾燥。

十分に乾けば、水車を使って、流れる水を動力に、動く大きな鋸(のこぎり)が丸太を木材に加工していく。

そうして生産された木材は、王都で建物の建築や修繕、家具作りに、冬は暖炉の燃料と、様々な用途に消費されていた。

「ほぅ、お前さんが、うちのパトラの級友かい」

木材の加工場で、僕をじろりと値踏みするように見回すのは、一人の、とても厳(いか)つい男。

人並外れて大きいって訳じゃないんだろうけれど、まだ十二歳の僕に比べると十分大きいし、隆々とした筋肉も迫力満点だ。

尤も、うん、戦いのプロって訳じゃなさそうだから、得体の知れなさはない。

戦闘学のギュネス先生に比べると、単に見かけが厳ついだけなので、怖がる必要は特になかった。

いやでも、ちょっとふんわりとした印象のあるパトラの父親なのに、ここまで見掛けが厳ついのも、何か凄いなぁって思ってしまう。

「だったら、あの薬を作ってくれたのがお前さんだろ。礼を言う。あの後、近所の悪ガキが悪戯をしてて屋根から落ちてな。酷い顔色をしてて、拙(まず)いかもしれんと思ったが、大急ぎでパトラがお前さんに貰ったたって薬を飲ませたら、無事に助かったんだよ」

そう言って、パトラの父親はぺこりと、僕に向かって頭を下げる。

あぁ、それは実に良い話だ。

僕が作った魔法薬で誰かが助かったなら、作った甲斐(かい)もあった。

またその子供の運も良かったのだろう。

丁度、僕が余った薬をパトラの家に置いていってて、その近くで怪我をした。

普通の人は、魔法薬の価値を知っていると、それを使う事を躊躇ったかもしれない。

けれどもパトラは魔法使いで、魔法薬はまた作れば良いが、人の命は失われたら終わりだと理解してたから。

「でもよ、そんな薬を作れるお前さんが、何でまた、家具の作り方なんて教わりたいんだい？　うちのパトラが言ってたぞ。あんなに効果の高い薬を作れるのは、クラスじゃまだお前さんだけだって。キリクって友達は、凄い魔法使いになるってな。だったらもっと時間は大切にすべきじゃないか？」

パトラの父親が口にした言葉には、どこか諭すような響きがある。

あぁ、顔は、見掛けはそんなに似てないけれど、やはりこの人は、彼女の父親なのだろう。

だってこうした優しさを、パトラも時折見せるから。

きっとこの父親から、彼女はそれを受け継いだのだ。

ふむぅ……、パトラの父親の言葉は、善意からの物だった。

しかし僕は、できれば彼に木工を教えて貰いたい。

「薬じゃないんですが、魔法の品を作る時、部品から拘れた方が、より理想的な物ができると思うんです」

だから僕は、どうして自分が家具の作り方、木工を教わりたいと思ったのかを説く。

それは、決して道楽では、時間の無駄ではないのだと、わかって貰おうと。

我を通す為に言いくるめるんじゃなくて、相手から何かを教わりたいなら、こちらを理解して、納得して貰う事が重要だと思うから。

だが、僕の言葉を聞いても、パトラの父親は困り顔で、

「……うぅん、お前さんが欲しがってる、その拘った部品を、俺が作るんじゃ駄目かい？　そりゃ

あ、薬の恩もあるし、熱意があるなら教えてやりたいって気持ちはあるが、他にも色々とやる事がある奴に仕込んでも、中途半端にしかなりゃしねぇ。俺は、家も家具も、教えた奴も、中途半端にはしたくねぇんだ」

そんな言葉を口にした。

いや、うん、でもそれは、結構いい条件だなぁ。

望む物が手に入るなら、絶対に僕が全てを自作しなきゃいけないって訳じゃない。

魔法使いとして学び始めたばかりの僕が、全く関係のない木工を齧っても、中途半端になるだけだって意見も、尤もだった。

こちらの細かな注文に対応してくれる職人が居るなら、任せられるところは任せてしまうのは、正しい選択だろう。

もちろん、自作に比べれば、お金は掛かる事になるけれど、そこは錬金術で稼げばいい話だ。

何なら、それこそ、この前に渡したのと同じ、回復の魔法薬を対価にするって手もある。

人柄は、会って話して、信用できた。

見た目はやっぱり厳ついが、この人は間違いなくパトラの父親で、優しい人だ。

僕に対して、色々と気遣ってくれるだけの好意も持ってくれてる。

そして最も大切な腕前に関しても、既に確認済みなのだから。

十二歳の身でこんな事を言うのは生意気にも程があるかもしれないが、仕事の取引先としては、これ以上はない相手だろう。

「駄目じゃないです。それなら、プロフェッショナルにお任せしたいです。対価はちゃんと用意しますので、お願いします」

僕は、たっぷりと一分は考えてから、全力で餌に食い付いた。

この条件を逃す手はないと、熟慮の末にそう判断して。

すると僕の態度が面白かったのか、パトラの父親は呵呵と声を上げて笑う。

「なるほど、これは大物になりそうだ。クラスで一番凄いってパトラの言葉も、間違いじゃなさそうだ。ならこのジーレン、君が上客になってくれる日を、心待ちにするとしよう」

そんな言葉を口にしながら。

あぁ、うん、まぁ、確かに前期の試験の結果は、クラスで一番良かったから、パトラがそう言ったのも嘘にはならない。

しかしその言葉を今後も嘘にしない為には、ちょっと頑張らないといけないなぁと思う。

僕がパトラの父親、ジーレンに注文を出せるのは、早くて初等部の二年の終わり……、まぁ普通に考えれば高等部になってからだ。

少なくともそこまでは、クラスで一番凄いを維持しよう。

高等部になれば、パトラとも科が分かれる可能性の方が、高いのだし。

◇◇◇

指輪に紐(ひも)を通し、首から下げる。

急に高価な魔法の発動体を指に着けると目立つ為、暫くの間はこうやって持っておく事にしたのだ。

この指輪は、先代の校長であるハーダス・クロスターが遺した仕掛けの鍵でもあるという。

なのでなんというか、こうして首からこれを下げると、鍵っ子って単語が脳裏に浮かぶ。

……そんな可愛(かわい)らしいものじゃないか。

夏期休暇も終わりが近付けば、ポツポツと魔法学校に戻って来る生徒が増え始める。

先生の送り迎えを必要としない、主にポータス王国に実家がある生徒達だ。

この世界の旅は、天候やその他の事情で予定よりも数日ズレるのはザラだから、万一にも後期の授業の開始に遅れぬよう、早めに戻ってきたのだろう。

恐らく他の国に実家がある生徒も、早めに首都に到着はしていて、先生が迎えに来るのを待ってる筈だった。

なので僕の友人で言うと、早めに学校に戻ってきたのは、ジャックスだ。

彼はポータス王国の王都から、馬車で二週間程かけてフィルトリアータ伯爵領に移動し、そこで暫く過ごした後、また二週間かけて王都へ、それからウィルダージェスト魔法学校に戻ってきたらしい。

つまり夏期休暇の半分近くを、移動に費やした事になる。

この世界では移動にそれくらいかかるし、ジャックスにとって、それくらいの時間を掛けてでも、家族と顔を合わせるのは大切なのだ。

貴族であるフィルトリアータ伯爵家は、王都にも屋敷があるけれど、領地にあるらしい城も、きっと大きいんだろうなぁと思う。

何か土産を持って帰って来てくれたらしいので、後でそれを受け取ってから、課題を見せ合おうって話をしていた。

ほら、ジャックスは実家に戻ってたから、魔法生物の実物や図書館の資料に触れられずに魔法学の課題を書いてるし、逆に僕は一般教養の、自分が属する国の歴史を纏めろって課題に、ポータス王国の歴史を選んだが、こちらの出来には不安がある。

僕は、一般教養の授業で習った、ごくごく僅(わず)かな歴史に加え、図書館で少し調べた程度の知識でしか、ポータス王国を知らない。

ポータス王国は今もまだ存在してる国なので、その歴史に触れた本は、客観的な視点で書かれた物よりも、個人の主義主張が色濃く出てる。

もちろんそれは、ジャックスが書いた課題だって、フィルトリアータ伯爵家の一員としての主義主張が出てるだろうけれど、そこはまぁ、彼の人柄を知ってるから、ある程度は差し引いて見られるだろう。

そしてフィルトリアータ伯爵家は、ポータス王国が誕生した三百年前から、国に仕える貴族をやってるそうだから、歴史の知識は豊富だった。

恐らく、僕の一般教養の課題の薄い出来を、多少厚くする知識の一つや二つは、きっとジャックスも知ってると思うから。

まぁ、それに、夏休みの終わりに出されてる課題でバタバタしたり、友人と一緒に仕上げるのは、何だか学生って感じで、少し楽しいし。

シールロット先輩も、ポータス王国内に実家、……と呼ぶべきかはわからないが、出身の孤児院があるけれど、彼女は旅の扉の魔法を扱えるから、帰還を急ぐ必要がない。

残念ながらシールロット先輩の顔が見れるのは、もう少し先になるだろう。

色々と、話したい事は溜まってる。

この魔法学校で、僕が最も相談をし易い相手は、シールロット先輩だ。

実力があり、魔法学校に関して詳しく、何よりも裏表を感じない、信頼できる人だった。

シャムがケット・シーである事も、僕がそのケット・シーの村で育てられたとも、彼女には既に話してる。

そして当たり枠として、エリンジ先生に学んだって共通点。

同級生の友人達には、立場が近過ぎて言えない、言い難い事もある。

逆に先生達には、立場が遠すぎて言えない、言い難い事もある。

だけどシールロット先輩は、立場が近過ぎず、遠過ぎず、相談相手として丁度良かった。

星の知識に関しては、まだ自分から言おうって気にはならないけれど、先代の校長であるハーダス・クロスターに関しては、相談したいなって思う。

彼が遺した仕掛けを求めて、本校舎の三階より上を探すなら、シールロット先輩には協力して貰いたいし。

もちろん、彼女がそれに興味を示してくれればの話だけれど。

「シャム、そろそろ行こうか」

僕がシャムに手を伸ばせば、彼はタッと腕を通り道に肩まで駆け上がった。

魔法学校に生徒達が戻り、人目が増えると、猫のフリをしてるシャムの生活は窮屈になる。

彼がそれに不満を言う事はないし、そもそも何とも思ってないのかもしれないけれど……。

少し申し訳なく、感じてしまう。

「ジャックスの土産、なんだろうな。食べられるものかな」

でも当の本人は、そんな風な事を言うから、僕は思わず笑ってしまった。

食べ物はないんじゃないかなぁ。

馬車で二週間も掛かる場所に行ってたんだし、食べ物は悪くなり易い。

悪くなりにくい食べ物は、塩漬けとか、発酵させたものとか、干物とか、保存食の類だが、
ジャックスがそれらを土産にするタイプだとは、あまり思えないし。

あぁ、ドライフルーツとかなら、あるかもしれない。

何にしても、貰ってみてからの楽しみだった。

夏の終わりは、もうすぐそこだ。

他の友人達は、何か土産を持ち帰ってくれるだろうか。

僕は、もうすぐ戻るだろう友人達と、始まる後期に思いを馳(は)せながら、シャムと一緒に部屋を出

る。

四章 ✦ 日々と成長

夏期休暇が終わって皆が魔法学校に帰ってくると、後期の授業が始まる。

「皆には前期の授業で、多くの呪文を教えました。もちろん、まだその全てを使える訳じゃない子も多いでしょう」

後期の最初の授業は、地下にある魔法の練習場に移動しての、基礎呪文学。

教科を担当するゼフィーリア先生は、久しぶりの授業に浮き足立って、集中力を欠いた僕らを見回して、溜息を一つ吐いてから、言葉を紡ぐ。

確かに、試験の前は魔法の繋がりの練習ばかりだったが、それ以前は授業の度に新しい呪文を教えてくれたから、既に結構な数を習ってる。

ざっと数えると……、火に関する魔法が、火を灯して、広げて、放って、弾けて、四つ。

水に関する魔法が、水を出して、形を変えて、放って、温度を下げて凍らせて、四つ。

風に関する魔法が、風を吹かせて、風に熱を帯びさせて、風に冷気を帯びさせて、強い風で打ち据えて、四つ。

土に関する魔法が、土を大地から盛り上げて、形を変えて、放って、石に変えて、四つ。

他に、光を灯して、闇に覆わせて、遠くの物を手元に引き寄せて、逆に強く押して、四つ。

……合計で二十の魔法を教わっていた。

あぁ、僕は他に、収集の魔法も習ったが。

「以前は魔法には系統に応じて適性があり、それに欠ければ習得は不可能だという迷信がありましたが、今ではそれは否定されています」

ゼフィーリア先生の言葉は続く。

そう、僕は今のところは、教えられた全ての魔法を習得しているが、これができているのは、クラスメイトの中ではほんの一握りだった。

ただ、習得してない呪文のあるクラスメイトが、出来が悪いのかといえば、決してそんな事はないと思う。

何故（なぜ）なら、多く呪文を取りこぼしてるクラスメイトも、魔法の繋がりに関しては上手（うま）かったりしたし。

そのクラスメイトは、火と風の魔法を多く取りこぼしてたから、系統への適性はあるんだと思ってたんだけれど、ゼフィーリア先生はそれを否定する。

「苦手な魔法には、それを苦手とする理由があります。例えば心のどこかで火や水を怖がっていたり、風や土のイメージが定まっていなかったり」

火を灯す事はできるけれど、広げたり、弾けさせるのは無理で、なのに遠くには放てるクラスメイトは、……なるほど、火が怖かったのか。

自分の中に恐怖があるから、心が火を大きくしたり、爆発（ばくはつ）させたりするのに躊躇（ためら）いがある。

風のイメージが定まりにくいのも、確かにそうだ。

特に熱風、冷風を吹かせるイメージなんて、体験した事がなければ急に摑むのは困難だろう。

僕は、ドライヤー、冷風機、エアコンといった代物で、仕組みはさっぱりわからなくとも、熱風や冷風を浴びた経験、もといその記憶があるから、すんなりとイメージはできたけれども。

授業中にそれを成功させたクラスメイトも、ゼフィーリア先生が軽めの熱風や冷風を浴びさせて、それでイメージを摑んで成功させてた。

単に見本があったから真似る事に成功した訳じゃなくて、あれには熱風や冷風を経験させるって意味があったのか。

「もう少し高度になると、どうしても感覚が摑めない魔法や、或いは魂の力、魔法を操る才の不足という壁に当たる事もあるでしょう。ですが基礎呪文の範疇では、それはありませんから、安心して練習に励みなさい」

今、教えてる魔法は、練習すれば必ず習得できるのだと、ゼフィーリア先生は言う。

それは呪文の習得が遅れている生徒に、自分は魔法が不得手だと、才能がないのだと、苦手意識を持たせぬ為か。

苦手だと思い込み、魔法を成功させるイメージが持てなければ、呪文の習得は遠のくだけ。

なにも良い事なんてありはしないから。

「魂の力に関しても、成長と共に、魔法使いとしての経験と共に、強くなる事がわかってます。また高度な魔法も、工夫で難易度を下げる事はできます。魔法の繋がりもその一種です。故に安易に魔法使いとしての自分を見限らぬように。自分で限界を決めてしまえば、それ以上の自分はなくなります」

後期に入ったばかりの今、ゼフィーリア先生はこんな話をしてるのだろう。

という事は、つまり、今日は前期の復習をする様子。

夏期休暇の間に、呪文の習得に励んだクラスメイトもいると思うし、その確認もあるのかもしれない。

魔法学校の外では、大怪我(けが)を負っても癒(いや)してくれる医務室はないし、他の魔法使いも近くにはいないから、魔法の乱用は控えるようにって言われてた。

でも禁止されてる訳じゃないから、場所を選んで魔法を使ったクラスメイトは、きっと多い筈(はず)だ。

僕も、いやまぁ、僕は学校に残って過ごしてたけれど、呪文の練習も多少はしたし。

「それでは皆、今日は前期の復習をしましょう。扱う呪文の多さは、魔法使いとしての実力です。簡単な呪文でも構いません。多くの手札を揃(そろ)え、状況に応じて適した魔法を行使する。それが優れた魔法使いです」

思った通り、先生が今日は復習だと宣言したので、残念ながら今日は新しい呪文は覚えられそうになかった。

まぁ、そういう日もあるだろう。

少し物足りない気もするけれど、新しい呪文を覚えられずとも、気兼ねなく魔法が使えるだけでも、それなりに楽しい。

「戦闘学では、もしかすると真逆の事を言われるかもしれませんが、それは戦闘という状況が特殊だからです。しかし魔法が必要とされる状況は、戦闘だけには限りません。寧ろそれ以外の方が、ずっと多いでしょう。この基礎呪文学では、一つでも扱える呪文を増やす事に専念しなさい」

ちなみに戦闘学の方でも、呪文は幾つか教わっていて、貝、盾、鎧の三種類の防御魔法と、力よ敵を撃てと唱えて発動する、基本的な攻撃魔法である魔法の矢で、合計四つだ。

しかし、ゼフィーリア先生は時折こうして戦闘学に言及するけれど、……何か思うところがあるんだろうか。

基礎呪文学の試験結果を、戦闘学の試験前にギュネス先生に伝えてるくらいだから、仲が悪い訳じゃないと思うんだけれど。

まぁ、確かにギュネス先生は、手札が多くても迷うだけだから、選択肢を絞って、自分の得意な魔法を磨き、戦い方を構築して身体に覚え込ませろって言っていた。

いや、逆にそう言うだろうって察してる辺り、ゼフィーリア先生がギュネス先生を、戦闘学を理解してるって事でもあるのかもしれない。

魔法を使った戦い方を教える戦闘学は、その魔法を教える基礎呪文学とは切り離せない科目だ。

だからこそゼフィーリア先生も、戦闘学の内容を把握しつつ、しかし戦いのみに思考を引っ張られないよう、基礎を大事にしろと言葉を重ねるのか。

魔法使いの活躍の場は、戦闘のみに限られる訳では、決してないから。

「キリク、ちょっと復習に付き合ってくださる？」

シズゥがそう誘ってきたので、僕は頷き、杖を握る。

彼女は土の魔法が苦手だから、今日はそこを重点的に復習しようか。

◇◇◇

夏期休暇の終わりと共に、僕がクルーペ先生の研究室で行っていた魔法薬作りの仕事も、終わりとなった。

新しい魔法薬の作り方は教わらなかったが、それでも錬金術の手際は随分と良くなったと思う。

そして再び、シールロット先輩の研究室でのアルバイトが始まる。

といっても今日は、彼女の研究室でお茶を飲みながら、夏期休暇にあった事の話をしてるだけだけれども。

シャムも、お土産だと貰ったジャーキーを、前脚で摑んで齧り付いてた。

「うーん、なるほど。キリク君は、なかなかに面白い夏を過ごしてたんだね」

シールロット先輩は、僕が渡したハーダス・クロスターの指輪を仔細に観察しながら、そんな言葉を口にする。

楽しい夏ではなく、面白い夏。

それは僕が面白おかしく夏を過ごしたって話じゃなく、彼女にとって興味深いって意味だった。

流石は先代の校長というべきか、彼が遺した指輪は、シールロット先輩の興味を大いに惹いたらしい。

「確かに魔法は掛かってる品だけど、錬金術じゃないかな。細工の溝や、内側に細かく彫られてる魔法陣の効果だねー。まぁ、先代の校長は黒鉄（くろがね）科の出身だから、当然かもね」

ひとしきり観察を終えた彼女は、納得したように頷く。

そして手の中で指輪を二度、三度、転がしてから、僕に返してくれた。

僕は受け取った指輪を再び首からぶら下げて、シャツの中に仕舞い込む。

シールロット先輩の見立ては、おおよそ僕も予想していた通りだった。

ハーダス・クロスター、ハーダス先生も、このウィルダージェスト魔法学校の生徒だった時期があり、その時は黒鉄科に所属していたそうだ。

彼が得意としたのは魔法陣。

だったらこの指輪に仕掛けられた魔法も、魔法陣を用いた物だと推測するのは、至極当然の事だろう。

「それにしても、ハーダス・クロスターの遺産が見付かったなんて、バレたら大騒ぎになるかもね。……そういえば、キリク君は、昔は三つの科の争いが酷（ひど）かったって話は、知ってる?」

彼女がそう問うので、僕は頷く。

確かにそれを先代の校長だったハーダス先生が問題視し、初等部の間は科を分けないように学則を大きく変更した、つまり魔法学校の改革を行ったとされている。

より正確には、科を分けない初等部の設立自体、要するに単なる一年生から五年生まであったのを、初等部で二年間と、高等部の三年間に分割したのも、ハーダス先生の改革によるものらしい。

二年間、同じクラスで学び、同じ寮で生活をして互いを知れば、争い方を選ぶようになるだろうと、そう考えて。

逆に言うと、それまでの争いは手段を選ばぬものだったという訳なのだが。

「どうしてそんなに争いが酷かったのかっていうと、理由があってね。これは今でもそうなんだけど、科に所属する生徒の成績、優れた行い、研究の成果が評価されて、その評価が高い科から順に、予算が優先的に配分されるの」

あぁ……、それは、争えって言ってるようなものだった。

恐らく理想は、競い合う事で互いを高め合う環境の構築だったのだろう。

しかし科の掲げる思想の違いも相俟(あいま)って、競い合いが争いに変わってしまったのだ。

百点を取るのも、相手の点数を百点落とすのも、結果は同じなのだから。

「今は予算だけなんだけど、以前は禁書や古代の遺物の研究、使用権も、科の成績で優先順位が決まってたらしくて、卒業した魔法使いの間にも、この魔法学校の教師にも、出身した科による派閥があったって」

シールロット先輩が口にする昔のウィルダージェスト魔法学校は、否、それだけじゃなく魔法使いの世界は、非常に人らしい醜さに満ちたものだった。

魔法学校の卒業後、市井に紛れる魔法使いも少なくないが、同様に王侯貴族に仕えて権威を振るう魔法使いも少なくない。

科の派閥争いは、魔法学校の枠を超えて、世界に影響を与えただろう。

更に教師ですら、その派閥争いに加わってたなんて、控えめに言っても最悪だ。

そう考えると、今のウィルダージェスト魔法学校は、過去と比べ物にならない程、素晴らしいと言える。

マシになったのではなく、素晴らしいのだ。

まず、何よりも、先生達が、熱心に僕らの事を考えてくれていた。

「その変化の切っ掛けを作ったのが、ハーダス・クロスターなの。間違いなく偉人だよね。それまでにも魔法学校の在り方を問題視した教師はいたんだろうけれど、自分も生徒の頃に争いに加わってた身だから、何も言えなかったんじゃないかな」

あぁ、それはあると思う。

薄々それがおかしいと感じていても、否定してしまうと、これまでの自分が歩んだ道を否定する事になる。

いいや、それだけじゃない。

同僚、先輩、多くの先達、全てに対して、歩んだ道は間違いなのだと指摘する事になってしまう。

「だけどハーダス・クロスターは、生徒の頃から争いには加わらず、ただ圧倒的な成果を示し続けて、教師になって、校長になって魔法学校を掌握して、初等部を一つに纏(まと)めて、卵寮も造ったの。あ、だからきっと、遺された仕掛けは卵寮にもあると思う」

当然、ハーダス先生の時も、反発は物凄(ものすご)かった筈だ。

既に学校を卒業してる、全ての魔法使いが敵に回ったかもしれない。

けれどもハーダス先生はそれを成し、科の争いは、僕がこの半年であまり影響を感じなかった程度に、落ち着いている。

星の知識。

その言葉が、ちらりと頭をよぎる。

ハーダス先生は、魔法学校に入った当初から、その在り方に間違いを感じていたのだろう。

魔法学校は争う為の場ではなく、魔法を学び、魔法使いを養成する場所の筈だと。

だから、生徒の頃からずっと改革を目指してたんじゃないかと、僕には不思議とそう思えた。

……しかし、卵寮か。

言われてみれば、そうかもしれない。

灯台下暗しってやつだろうか。

本校舎ばかりを気にして、卵寮にも仕掛けが遺されてる可能性を、全く考えてなかった。

「ただ、今は探すのはやめたほうがいいかも。私を誘ってくれるのは嬉(うれ)しいけれど、さっきも言ったけれど、ハーダス・クロスターは偉人で、その遺産が見付かったって知ったら、奪おうってする人はきっといるから、まずは奪われないように工夫しなきゃね」

シールロット先輩の言葉に、僕は首を傾(かし)げる。

それはもちろんそうなんだけれど、しかしこうして、人目に触れないように隠す以外に、何か方法があるんだろうか？

すると彼女は悪戯っぽく笑って、僕にその方法を耳打ちする。

でもそれは、ちょっと本当に大丈夫なのかと疑ってしまう方法で……。

存在があまり知られてない物は盗み易いが、大っぴらに所有が知られて、それが広く認められれば、手出ししにくくなるって理屈は、そうなのかもしれないけれども。

シールロット先輩曰く、カギとなるのは、後期の戦闘学の授業で行われるイベント、初等部の一年生と二年生の模擬戦になるらしい。

◇◇◇

後期も授業は、基礎呪文学、戦闘学、錬金術、魔法学、一般教養の五つ。

二年になれば色々と科目が増えるらしいけれど、一年の間はこの五つで変わらない。

ただ、科目は変わらずとも、その授業内容は当然ながら前期よりも難しくなっている。

例えば錬金術は、教えて貰った魔法薬はこれまでよりも工程が幾つも増えているし、魔法学では、魔法生物の観察の為に入る森の範囲が、今までよりも深い。

「この辺りに住む生き物は、突然襲ってくる事もあるでの。決して杖からは手を放さず、鎧の魔法を唱えられるようにして、油断はせんように。もしも友人が襲われ、抵抗できなければ、すぐに誰かが魔法をかけて助けるのじゃ」

なんて風に、魔法学を担当するタウセント先生は、笑いながらそう言ってた。

このベテランの、ご老人の先生は、魔法の、魔法生物の危険を肌で感じる事を重視してるから、恐らく本当に、ギリギリまでは生徒に任せて、助けの手は出さないだろう。

僕以外のクラスメイトも、後期にもなればそれを感じ取っているのか、近頃は森に入る時には、皆が緊張感に満ちている。

この日、僕らがその姿を見に来たのは、暴食の壺(つぼ)って名前の植物だ。

いかにも危険そうな名前だけれど、実際にとても危ない魔法生物である。

甘い香りのする蜜を、ウツボカズラのような大きな袋の底に蓄えていて、それを舐(な)めに来た昆虫、動物、あらゆるものを捕食してしまう。

しかしその蜜は、実は獲物を捕らえる為の麻痺毒と、消化液を兼ねていて、小さな昆虫の類に関しては、蜜に触れた時点で酔って、その中に沈んで溶けていく。

大きな動物に対しては、蜜を舐め始めた時点で袋の蓋(ふた)を閉じて袋を締め上げ、麻痺と拘束、二つの縛りで動けなくなった獲物を、ゆっくりと長い時間を掛けて溶かす。

今、目の前にある暴食の壺は蓋が閉じていて、普段は隠してる触手が、中身を守るように攻撃態勢に入ってるから、既に何らかの獲物が捕らわれているのだろう。

締め上げられた袋の形的に、恐らく暴食の壺の脅威を知らなかった、小鹿辺りが。

僕は、不要かもしれないけれど手を伸ばし、パトラの腕を掴む。

優しい彼女が、衝動的に要らぬ手出しをしてしまわぬように。

実は僕は、この授業を受ける前から、暴食の壺に関しては知っていた。

シールロット先輩のアルバイトで、錬金術の素材として、暴食の壺の蜜を採取しに来た事があるからだ。

その時に教えて貰ったのだけれど、暴食の壺は普段はジッと動かないが、中に獲物を捕らえている場合は、隠していた触手を露わにし、近寄る者を無差別にそれで打ち据える。

触手も、蜜と同じ成分の麻痺毒を分泌していて、それを受ければ、場合によっては森の中で身動きが取れなくなってしまう。

もちろん今は授業できてるから、僕も含めたクラスメイトが助けるだろうし、タウセント先生だっている。

たとえ麻痺毒を受けたとしても、無事に森を出られるだろうけれど、……そうなるとパトラに対するタウセント先生の評価が下がる事は、避けられない。

今、タウセント先生は、生徒達の行動を、一歩離れた位置からジッと見守っていた。

けれどパトラは、腕を掴んだ僕を振り返り、

「……うん、わかってる。わかってるから。ありがとう、キリク」

声は少し暗かったけれど、ハッキリと僕に伝わる大きさで、そう言う。

少し、彼女を侮り過ぎてたかもしれない。

パトラは、それが自然の摂理だとわかっていても、可哀想(かわいそう)だって感情のままに行動するんじゃないかと、そんな風に。

ただ、目の前で他の命が、それも多分、小鹿が捕食されてるというのは、当然ながらショックは

ある。

彼女よりはずっと割り切れてるだろう僕だって、決して気分のいいものではないのだから。

ふと、僕の肩が軽くなった。

シャムが乗っていた僕の肩を蹴って跳び、パトラの肩に着地したのだ。

突然の行動に、僕も驚いたけれど、それ以上に驚いたのはパトラだった。

授業中だからか、声こそ上げはしなかったけれど、驚きの表情でしっかりとシャムを抱きとめている。

あぁ、もう、したかった事はわかるけれど、突然だなぁ。

僕は叱られやしないかと、ちらりとタウセント先生の様子を窺うと、向こうもこちらを見ていたから、ばっちりと目が合う。

でもタウセント先生は何も言わず、フッとばかりに笑みを浮かべた。

どうやら目の前の光景にショックを受ける事も、ショックを受けた女生徒を慰めるのも、見逃してくれるらしい。

他のクラスメイトも、幾人かは強くショックを受けていて、仲の良い友人が慰めている。

「うん、シャムちゃんも、ありがとう」

シャムを抱きかかえたパトラの言葉は、先程よりも少し、明るくなってる。

僕はまぁ、肩の軽さに物足りなさを覚えるけれど、……暫くの間はいいだろう。

ちなみに暴食の壺の蜜は、錬金術の素材としては非常に有用で、甘い匂いを強めれば生き物を誘引する香が作れるし、生き物を麻痺させる魔法薬、逆に麻痺を解除する魔法薬の材料にもなる。

他にも、痛み止めにも使えるそうだ。

尤(もっと)もだからといって、食われてる小鹿が報われる訳じゃないんだけれども。

このように後期の授業は、前期程には、手緩くはなかった。

◇◇◇

一年生も後期にもなれば、クラス内の人間関係はすっかり出来上がった感がある。

そして仲の良いクラスメイトは、自然と集まりグループを作り、時間を過ごす。

昼を一緒に食べたり、実技の授業でパートナーを組んだりといった風に。

僕が一番共に過ごす時間が多いのは、そりゃあもちろんシャムだけれど、彼を除けば、クラスメイトの中ではクレイだろうか。

クレイとは、授業が終わった後も教え合いをするし、昼食を一緒に食べる事も少なくない。

それに次ぐのがパトラで、彼女は授業の合間に頻繁にシャムに構いに来るから、そのついでになるけれど、僕とクレイが授業の復習をしてるところに参加する時もあった。

隣の席のシズゥは、女の子同士だからか、パトラとはよく話すし、クレイとの相性だって悪くはなさそうだ。

まぁ、このクレイ、パトラ、シズゥと、僕の四人はグループだと言っていいかもしれない。

シャムも加えたら、四人と一匹……、或いはケット・シーだから五人だろうか。

僕は他に、後ろの席のガナムラや、ジャックスとも個人的には仲が良いけれど、彼らはグループだっていう程に、こちらに参加はしてこなかった。

特にガナムラは、どうにもシズゥとの相性が悪いのだ。

多分それは、どうしようもない事なのだろうけれど、貴族制度のないサウスバッチの出身で、尚且(なおか)つ自分の家に誇りの強いガナムラは、貴族って存在をあまり良く思ってないらしい。

何なら、貴族制度こそが、国の力を分散し、発展を阻害してる要素だとくらいには、考えてるのだろう。

そしてシズゥの方も、女性に対して軽いガナムラを、軽薄だと避けている節がある。

これは正直、僕にはどうともしかねる問題だ。

シズゥが貴族の家に生まれ、その財で育った事は間違いなかった。

ガナムラの振る舞いが軽薄なのも、実際にそうだろう。

もちろん二人とも、それだけの人間では決してない。

シズゥは貴族である事を鼻にかけないし、らしい振る舞いが必要だから、求められるからしているだけで、内心は面倒に思ってる事だって知ってる。

親許を離れ、自分で色々とできる環境が嬉しくて、休みの日に焼き菓子を作って、失敗してたのも。

仲が良くなければ決して見せないが、可愛らしいところは沢山あるのだ。

ガナムラだって、単に軽薄なだけじゃなくて、その誇りの高さには敬意が持てる。

貴族に対して良い感情を抱かないのも、それがなくとも発展してきた国と、そこに尽くす自分の家に愛情と誇りを持つからだろう。

また陽気な性格で、人当たりも良く、男女を問わず友人が多かった。

その上で、良い部分を見るも、悪い部分を見るも、僕が口を挟む事じゃない。

当然ながら喧嘩（けんか）を始めたら、僕は仲裁するし、時と場合によっては制圧もするかもしれないが、……そうでなければ本人たちの自由である。

もしかすると、二人がお互いの良い部分に気付く日がくる事だってあるだろう。

まぁ、来ない可能性の方が高いけれども。

どちらにしても、僕はそれぞれ別個に、仲良くしていければそれで構わないのだ。

ちなみに、ジャックスの方は相変わらずだった。

一時、クラスメイトの中でも比較的身分の高い……、例えばルーゲントの騎士階級の家系だというガリア・ヴィロンダ辺りのいるグループが、ジャックスを取り込もうと動いてたみたいだけれど、何故だか相手にしなかったらしい。

あぁ、ただ、僕と仲の良いクレイに関しては、前期の試験結果が総合では僅差（きんさ）で負けた事がジャックスには悔しかったそうで、ライバル視してるみたいなのだ。

成績は、基礎呪文学と戦闘学はジャックスが勝るが、残りの錬金術、魔法学、一般教養ではクレイが勝る。

強さはジャックス、知識はクレイに分があるって感じだろうか。

そのせいか、ジャックスがクレイに話しかけてる姿は、稀（まれ）に見かける。

クレイの方でも、強さ、つまり魔法使いとしての実力があるジャックスは意識をしているらしく……、何というか二人の関係が、見ててちょっと面白い。

なので今後、グループを作って課題をこなす、みたいな授業があったなら、ジャックスも僕らのところに入るんじゃないかとは思う。

そういえば、ジャックスがくれたお土産は、家紋の入った短剣だった。

何でも、フィルトリアータ伯爵家が身分を保証してくれるって証らしい。

ウィルダージェスト魔法学校の生徒って身分が通じない場所でも、伯爵家の威光があれば大抵の困難は退けられるからと。

……本当に、ジャックスにはそういうところだぞって、言いたい。

確かに魔法学校の生徒である事以外に、社会的な身分を持たない僕には、ありがたい配慮だ。

しかし土産として渡されるには、家紋の入った短剣は、あまりに重い品である。

正直、僕じゃなきゃ萎縮（いしゅく）すると思うし。

それに、悪用されたらどうする心算（つもり）なんだろうか。

いや、そりゃあ僕は悪用しないけれど、貴族なんだから、もうちょっと警戒心は持って欲しい。

いいところも色々とあると知ってるけれど、ズレてて、困った友人である。

さて、どうして急にグループの話をしたかといえば、僕がクラスの一部のグループ……、具体的に言うとガリア・ヴィロンダの属するグループに、敵視されてる様子だからだ。

その理由は、心当たりがあり過ぎてちょっとわからない。

首席を取った僕に対する妬心(としん)か、それともガリアがシズゥに近付くのに、僕が邪魔だと判断したのか、ジャックスが彼らのグループを袖(そで)にしたからか。

まぁ、多分その辺りのどれか、或いは複合しての事だとは思う。

妬心に関しては、正直あって当然だ。

新しい魔法を覚える時、多くのクラスメイトは苦労してるが、僕はその横であっさりとそれを習得してる。

その姿が面白くないのは当然だろう。

しかも前期の終わりの試験では、僕が首位を取る事で、それが明確な形になったし。

多かれ少なかれ反感があるのは、仕方のない話だった。

ガリアは、一人じゃ僕に立ち向かえないから、その反感を利用して人数を集めるってのは、……せこいなぁって思うけど、戦略としては正しい気もする。

求めるものがあり、障害もあって、それを乗り越える為にあらゆる手を尽くそうとするのは、間違ってるとは僕には言えない。

尤も、その程度で僕をどうにかできると考えてるなら、大間違いではあるのだけれども。

だが僕がジャックスと仲が良いのが敵視の理由なら、お馬鹿(ばか)だなぁって思う。

ジャックスがどうして彼らとつるまなかったのかは知らないけれど、そこで僕に八つ当たりをしても、彼との関係が良くなる筈がないのに。

ガリアのグループにどう対応するかは、今のところは思案中だ。

別に今のままなら、何らかの手を打つ必要はない気もする。

僕は、別に無理をして全てのクラスメイトと仲良くしたい訳じゃないから、友人以外からは、嫌われていてもあまりに気にならない。

もしも敵視するだけじゃなくて、実害を及ぼそうとしてきたなら、……やはり右ストレートだろうか。

流石に学生同士で、魔法を使っての私闘をするのは、怒られるくらいじゃ済まなさそうだから、できれば避けたいし。

先生、特に戦闘学のギュネス先生を立会人にすれば、怒られずに決闘もできるだろうけれど、それだと向こうが数の利を活かせないから、仕掛けて来ないと思う。

まぁ、シズゥやジャックスとは、一度相談してみようか。

二人なら、ガリアのグループがどんな風に動くか、想像が付くかも知れないし。

最悪なのは、パトラ辺りが巻き込まれる事なので、それはどうにか避けなきゃならない。

狙(ねら)われるのがシャムだったら、クラスメイト程度に捕まる気はしないから、安心して構えていられるのだけれども。

シャムは、敵は先んじて攻撃して制圧するのが基本、なんて言ってるけれど、今の僕は学生だから、先に手を出した方が悪者になるのだ。

なんとも、実に悩ましい話である。

◇◇◇

授業の内容が前期より難しくなっても、寝て起きれば次の日が来て、それが重なれば週が、月が過ぎていくのだから、食らいついて咀嚼（そしゃく）して飲み込んで消化して、血肉にしていくしかない。

幸い、僕らは今が成長期だから、新たな教えも吸収がスムーズだ。

クラスメイトの中で、極端に授業に付いていけなくなってる生徒は、まだ出ていなかった。

ただ実技に関しては、得意不得意が明確に表れやすい。

基礎呪文学の授業では、もうクラスメイトの中でも扱える魔法の数に大きな差ができている。

錬金術も同じで、習った魔法薬が作れなかったり、どうしても採取が上手くいかないクラスメイトは、少なくなかった。

だがその二つ以上に、向かない者にとって厳しいのが、やはり戦闘学の授業だろう。

戦闘学の授業に、つまり戦いに必要となる要素は色々とある。

身体（しんたい）能力、扱える魔法の数、判断の速さと正確さ、それから何より、戦いを厭（いと）わない気質。

相手を害し、傷付け、怒りを、恨みを買うかもしれない戦いを、好んで行える者は、やはり決して多くない。

基礎呪文学や錬金術に関しては、不得手であっても挑もうとする事はできる。

あぁ、潔癖症で、どうしても採取なんて無理だって人も、そりゃあ皆無じゃないかもしれないけれど、少なくともこの世界では、物凄く珍しいと思う。

しかし戦いは、そもそも誰かを攻撃する時点で、強いストレスを感じる人が多くいるのだ。

前期の最初の頃のように、体力作りに走り回ってるなら、身体能力の差は出ても、気質の差は表れ難かった。

少し経って、防御呪文を覚えて、放たれた魔法を防いだり、逆に防御呪文を掛けてる相手に、魔法を放つのも、おっかなびっくりではあっても、互いに安全だとわかってるから、不可能じゃない。

けれども前期の試験のように、模擬戦をしなきゃならないとなると、途端に気質の違いは顔を出す。

圧倒的に強い相手だとわかってる先生に対してでも、攻撃ができないクラスメイトは、やはり一定数居たらしい。

例えば、パトラもその一人。

ギュネス先生は、そうなると予想した生徒にはわざと無防備に突っ立ってみせたそうだ。

戦い方を習い始めたばかりで、他人を傷付ける覚悟が出来上がっていなければ、無防備な相手に攻撃を仕掛けるのは、そりゃあ抵抗があって当たり前だから。

それは人としては別に間違った事じゃないだろう。

でも戦いを学ぶ授業では、決して良くは評価をされないのも、仕方のない話だった。

後期の授業では、使う魔法は大怪我をしないものに限定されるが、生徒同士での模擬戦が増えている。

その際、ギュネス先生を攻撃できなかった生徒は別に集められたり、授業後にも少し残されて、戦いに対する心構えを作る為の訓練を受けていた。


「……どうして、そこまでして戦い方を教えたがるんだろうね？」


今日も授業の後、放課後に残されたパトラを見ながら、僕はシャムを抱きかかえて、呟く。

人目があるから、シャムの返事は期待してない。

ただ、僕は自分の中に芽生えた疑問を、どうしても口にしたかっただけだ。

魔法は戦いにも使える力だから、得意とする者のそれを伸ばすというのは、理解もできる。

だがそれを不得意とする者にまで、一定の戦う力を要求する、つまり底上げを行うには、それなりの理由があるんじゃないだろうか。

自衛が必要ってだけなら、幾つかの防御魔法と、危険を教えてそれを避けられるように知識を与えれば十分な筈だし。

ならば一体、僕達が身に付ける戦う力は、誰に向けられる事を想定しているのだろう。

今はまだ一年目だから、学んでいるのは基礎に過ぎない。

もしかすると、模擬戦の授業が増えたのは、戦いに対する度胸と判断力を養えるからで、もっと上の学年になれば、魔法生物との戦い方を想定した訓練が増える可能性だってある。

しかし今手元にある情報、既に受けた授業の内容から判断すると、まるで僕らは他の魔法使いと戦う危険があるみたいじゃないか。

そうだとするなら、他の魔法使いって、一体どこの誰だ?

昔、黄金科、水銀科、黒鉄科の、三科の争いが激しかった頃ならともかく、今の魔法学校で、生徒同士の戦いの為に訓練をさせてるとは思わない……、いや、思いたくない。

だったらこの魔法学校の外に、敵対する魔法使いがいる事になる。

……考えられるのは、ウィルダージェスト同盟に属しない国の魔法使いか。

魔法の素質を持った人は、そりゃあ他所の国にも生まれるだろうから、そこにもウィルダージェスト魔法学校のような、魔法使いを養成する施設があっても、何ら不思議はなかった。

他には、魔法使いを敵視する宗教というのも、怪しい。

魔法使いに対抗するには、やはり魔法に頼るのが確実だ。

こう、魔法使いを敵視しながら、自分達も魔法を使うなんて、それはとても皮肉な話だけれども。

「あちっ!?」

不意に手に痛みが走る。

どうやら物思いに耽りながら、シャムをあちこち撫でまわしてて、それがあまりにしつこかったらしい。

シャムの爪が、浅く僕の手を引っ掻いたのだ。

血が出る程じゃないけれど、ちょっとだけ驚かされた。

「あぁ、うん、ごめん。戻ろっか」

僕が謝りそう言えば、やっとわかったかと言わんばかりに、シャムが低めの声で一つ鳴く。

見れば、まだパトラの、戦闘を苦手とするクラスメイト達の、訓練は続いてる。

大変だなぁとは思うけれど、あそこに僕が参加しても助けにはなれないし、意味はない。

また今度、何か甘い物でも買っておいて、労うくらいがいいだろう。

貴族のお嬢様であるシズゥは、意外に戦うのが平気というか、攻撃にも一切躊躇いがないし、身体能力も高かった。

女の子も、色々だ。

そういえばシールロット先輩は、初等部の頃に一年生と二年生の模擬戦に出たって言ってたっけ。

何だかそんなイメージはあまりないんだけれど、恐らく強いんだろうなぁとは思う。

ただ戦闘学は苦手って当人は言ってたから、高等部の一年生で一番強いって訳じゃなさそうだけれど。

実はシールロット先輩には、今、密かに教わってる事が一つあって、その成果は、二年生との模擬戦で使う予定だった。

聞いた話では、その模擬戦はクラスの代表が五人ずつ、一対一で戦うらしいから、僕がそれを使うのは、クラスの代表の一人に選ばれたらの話だけれど……。

シールロット先輩は僕が選ばれない筈がないって思ってるみたいで、まぁ、正直、僕もそんな気はしてる。

もうじき、模擬戦が行われる事は、クラスメイト達にも知らされるだろうから、話は、うん、それからだ。

◇◇◇

「そういえばさ、シャムって、クー・シーが嫌いなの？」

休日、僕はベッドに寝ころびながら、お腹(なか)の上で丸くなってるシャムに問う。

以前、この学校に初めてきた日、マダム・グローゼルが森にクー・シーがいるって言った時、シャムが嫌そうな顔をしてた事を思い出して。

ケット・シーであるシャムの表情は、マダム・グローゼルにはわからなかったと思うけれど、幼い頃から付き合いのある僕にはバレバレだったから。

僕の質問に、シャムは面倒臭そうに顔を上げ、

「別に、嫌ってないよ。ただ、ちょっとあいつら面倒臭いんだよ。融通利(き)かない癖(くせ)に、契約とか好きだし」

そんな言葉を口にする。

嫌ってはないとの言葉通り、シャムの声に嫌悪感のようなものはない。

しかし……、契約か。

契約とは、一部の魔法生物が重視する、……なんだろうか、約束事のようなものだった。

そしてその契約を重視する魔法生物の中に、妖精も含まれる。

身体を起こすと、シャムは僕のお腹の上から飛び降りて、溜息を一つ吐く。

僕がその話に興味を抱いてた事が、彼には伝わったのだろう。

「契約って、結ぶ相手によって細かく決めたり、曖昧に決めたり、変えるんだよ。……例えば、一日三度の食事の代わりに力を貸すって契約を結ぶとするでしょ」

シャムは珍しく、ベッドの上に二本足で立ちながら、僕に契約の説明を始める。

魔法学の授業では、まだそういったものがあるとしか聞いてないので、具体的な事を僕は知らない。

だけどまさか、授業よりも早くシャムからそれを教えて貰えるなんて、なんだかちょっと面白かった。

「好かない契約相手には、食事の時間まできっちり決めて破り易くなるようにして、どのくらいの力を貸すのかは曖昧にするんだ。そうしたら、こっちは力を出し惜しみできるし、相手は食事の用意が間に合わなくなって契約を破る事もあるだろうしね」

あぁ、なるほど、細かい条件を設定しておけば、相手のミスが起き易くなるのは道理だろう。

もちろんこれは、説明の為に単純化して話してくれてるだけで、本当はもっと相手の油断を誘う為、色んな罠を契約の中に仕込む筈だ。

でも気に入らない相手なら、そもそも契約なんてしなきゃいいと思うんだけれど、そこには何か理由があるんだろうか。

例えば、契約金みたいなものが最初にあるとか、相手に契約違反をさせて、罰則を与えるのが目的だとか。

「逆に気に入った契約相手なら、時間の指定とかしなくて、取り敢えず三度あればそれでいい、みたいな風にして、融通が利くようにするんだ。……まぁ、本当に気に入った相手は、契約なんてなくても力を貸すんだけどね。キリクにしてるみたいに」

……ふむ、確かに僕は契約なんてしてないけれど、シャムはずっと一緒に居てくれる。

つまり契約をしなければ力を貸せない、なんて縛りはないって事だ。

しかしそれなら、少なくとも今聞いた話だけだと、妖精を含む一部の魔法生物が、契約を重視する理由がいまいちわからない。

どうもその辺りを、シャムはボカシて話してる印象を受けた。

まぁ、話したくないなら、無理に聞き出さなくていいだろう。

少なくともシャムが無条件に、幼馴染として、家族として、一緒にいて力を貸してくれてる事に違いはないし。

「それで、クー・シーの話に戻るけれど、あの犬達は、その辺りの融通が全く利かなくて、どんな条件も詳細に決めなきゃ気が済まないんだ」

シャムは、やっぱり面倒臭そうに、クー・シーをそう評する。

どうやらシャムは言葉通りにクー・シーを嫌ってはいないが、決して好意的でもなく、同じ妖精に分類される存在ではあるけれど、できれば関わりたくないと思ってるのが、ひしひしと伝わってきた。

いや、これは同じ妖精だからこそ嫌ってないだけで、そうでなければ感情は簡単に嫌いに傾きそうだ。

「しかも契約自体が好きだから、他人の契約にも細かく決めろって口を挟むし、ボクとキリクが一緒にいるの見て、契約がないって知ったら、契約するべきだって言ってくるだろうね。ホラ、面倒臭いでしょ」

あぁ、うん、それは鬱陶しいな。

シャムがクー・シーを面倒臭がる気持ちが、僕にもよく理解できた。

僕らの関係に口を挟むなんて、それこそ余計なお世話である。

妖精の犬に会いたいって気持ちは、僕の中でごくごく小さなものに萎む。

「人からしたら、わかり易いし、契約も結び易い妖精だから、番犬として使われてるんだろうね。縄張りを守るには、優秀だよ。鼻も効くし、戦いも得意だし」

シャムの言葉は、クー・シーに対する精一杯のフォローだろうか。

確かにどんな契約も細かくきっちり詰めるなら、お互いに騙し合う余地は少ない。

また好んで契約を結びたがるなら、魔法使いにとっては扱い易い魔法生物って事になるのだろう。

ケット・シーであるシャムが、優秀だって言うくらいなら、人の基準なら相当なものになる。

ただ、一つ気になったのは、

「ふぅん、でも契約が好きっていっても、妖精と契約できる人なんて魔法使いくらいだろうし……、滅多に契約なんてできないんじゃないの？」

クー・シーが契約を結ぶ機会って、そんなにないんじゃないかって事。

何故なら、ウィルダージェスト魔法学校の初等部の一年生は三十人。

そのまま全員が無事に卒業したとして、一人前の魔法使いは年に三十人誕生する。

ポータス王国だけじゃなくて、ノスフィリア王国、ルーゲント公国、サウスバッチ共和国、クルーケット王国、合わせて五つの国で、三十人だ。

一つの国だと、僅か六人。

当然、全員がクー・シーとの契約を望む訳でもないだろうし、また全員にその資格があるとも限らない。

こうして改めて数えながら考えると、クー・シーが契約を結べる機会って、本当にごく僅かに思えてしまう。

「いや、契約は、本当は魔法使いがいうところの魔法生物同士が主だよ。お互いの縄張りに立ち入らないとか、外敵には一緒に戦おうとか、そういうのが多いね。魔法使いはそこに首を突っ込んで利用してるだけ。まぁ、人でも魔法が使えるなら、対等に契約相手にしてあげても良いかなって感じだね」

だが僕の言葉に、ふるふるとシャムは首を横に振る。

二本足で立ってる今、その仕草は本当に人を思わせた。

でもその言葉は、少しばかり面白い。

恐らくこのウィルダージェスト魔法学校では、契約をまた別の解釈で教わるだろうけれど、妖精、魔法生物からすると、魔法使いとの契約はそんな風に思われてるのか。

シャムは完全に上位からの目線で、魔法使いを評してる。

こんな話をシャムとする機会は滅多にないから、僕は今、とても楽しい。

もしかすると、こんな話を聞けば、他の魔法使いは怒るのかもしれないけれど、僕にとっては魔法使いとしての自負よりも、家族であるシャムの方がずっと重いから、彼の言葉も全く気にならないし。

「そういえば、契約と使い魔って、また別だっけ？」

だから僕は、もう一つ疑問を口にした。

この学校では、一部の人を除いて、シャムは僕の使い魔だって事にしてある。

しかし僕には、使い魔と、契約した魔法生物の違いが、いまいちよくわかってない。

「全然……、ではないけれど、ちょっと違うよ。エリンジ先生が言ってただろ。使い魔は、契約を模した魔法で、非魔法生物を疑似的な魔法生物に成長させて使役するんだって。だからボクは、キリクが使役する、凄く賢くて格好良くて美しい毛並みの猫って事になってるんだろ」

シャムがそんな風に答えるものだから、僕は少し笑ってしまう。

確かにシャムは賢くて、格好良くて、ついでに可愛(かわい)らしくて、毛並みもとても綺麗(きれい)だけれど、自分で言うかなぁ。

だけど、よく覚えてるなぁ。

そういえばそんな風に、教わったっけ。

シャムを使い魔として扱うって事が不服で、あんまりちゃんと聞いてなかったや。

「キリクはさぁ、前期の試験は一位だったけど、もしもボクが試験に参加してたら勝ってるよ。キリクなんて二位だよ。二位。全然ボクの方が上の成績取れるね。現状に満足してないで、もっと頑張りなよ」

なんて風に、説教臭い事を、シャムが言う。

あぁ、うぅん、どうだろうか。

一般教養はともかく、魔法学に関しては、妖精という魔法生物であるシャムの方が、実際のところは詳しい。

また戦闘も、シャムは僕より強いだろう。

しかしシャムは人の扱う魔法は使えないし、何よりもこのプニプニの肉球のお手々では、錬金術の細かな作業には向かないと思うのだけれども。

僕は手を伸ばして、シャムの手をプニプニと触ってその感触を楽しむ。

もちろん、僕が何を考えてるかは、シャムにはお見通しだったようで、手は叩(たた)かれてしまった。

今日の休みは、こうして穏やかに過ぎていく。

◇◇◇

後期が始まってから二ヵ月近くが過ぎ、吹く風にも少し冷たさを感じるようになってきた頃、初等部の二年生との模擬戦が執り行われると発表があった。

それを聞いて驚いた顔をしたのは、クラスメイトの約半分。

残りは縁のある上級生から聞いたのか、それとも仲間内で情報を共有していたのか、予め知っていた様子。

僕はもちろん知っていた側だし、黄金科の上級生のところでアルバイトをしてるクレイも、やはりその発表には平然としてる。

「貴方達、知ってたの？」

隣の席のシズゥがそう問うてくるから、僕は頷く。

その模擬戦には、初等部の有望な生徒を確認しておく為、高等部からも大勢見物客が来るそうだ。

正直、意味のわからないイベントだなぁとは思う。

前にも述べたかもしれないけれど、魔法使いとしての一年の学びの違いは、今の僕らにはあまりに大きい。

しかも、僕らが普段の戦闘学の授業でやってるような、教えられた魔法を使って駆け引きするだけの模擬戦じゃなくて、錬金術で作った魔法薬や、剣やら短剣やら、武器の類の使用も認められるというのだから、学校側は一体何を目的としているのか、さっぱりわからなかった。

流石に相手を殺しかねない危険行為に対しては先生達が割って入るし、怪我を負ってもすぐに魔法で癒して貰える。

でも、そういう問題じゃないと思うのだ。

やっぱり学校側には、ある程度の危険な行為をさせてでも、生徒の戦う力を磨きたい、戦う力を磨く事に目を向けさせたい理由が、何かあるらしい。

高等部への進学を間近に控えた二年生を見たいなら、二年生同士で模擬戦をした方が、ずっといい見世物になるだろう。

しかし、だからこそ一年生が二年生を相手に善戦、或いは勝利を収めれば、それは物凄く注目を集める事になる。

故にシールロット先輩は、僕がハーダス・クロスターが遺した指輪を自分で所持し続けたいなら、その模擬戦での勝利が必要だと、僕にそう言っていた。

「ふぅん、いいけど、怪我はしないでよ。クレイはわからないけれど、キリクは確実に代表をやらされるでしょ」

シズゥの言葉に、僕は曖昧な笑みを返す。

流石に二年生を相手に、怪我をせずに勝つのは難しいと思うから。

尤も彼女は、僕が勝つ心算でいるなんて、そもそも思ってもないだろうけれども。

ただ、勝つ算段は既にあるのだ。

一年生の代表は、クラスでこれから話し合って決めるのだけれど、二年生の代表は、もう既に決まってる。

その二年生の代表の名前を確認し、僕はその勝利が不可能ではない事を、改めて認識した。

というのも、二年生の代表の名前は、恐らくこうなるだろうと、シールロット先輩から予め聞かされていたから。

何故なら、一年前のこのイベントで、初等部の二年生だったシールロット先輩は代表として参加して、彼らとは一度戦っているのだ。

もちろん、全員が全員同じ名前ではないけれど、優秀で戦闘に向いた生徒の顔ぶれは、大幅に変化したりはしない。

僕にとって、二年生の代表の名前で重要なものは二つ。

一つは一番手、先鋒のキーネッツ。

もう一つは五番手、大将のグランドリア・ヴィーガスト。

ちなみに二年生の代表は、一番手のキーネッツのみが姓を持たず、残る四人の名前には、全て姓が付いている。

四人の全員が貴族という訳ではないにしても、騎士や、それなりに身分の高い家の子らだろう。

中でも大将のグランドリア・ヴィーガストの、ヴィーガスト家というのは、北西のクルーケット王国の侯爵家だった。

つまり今の二年生というのは、そういう学年なのだ。

ウィルダージェスト魔法学校では、全員が魔法使いの卵だから、学校の外に比べれば、身分の差は緩やかである。

魔法使いに対しては、貴族でさえも気を使うから。

しかし当然ながら、身分の差が皆無になった訳じゃない。

平民からすればやはり貴族は怖いものだし、貴族からすると平民は自分のいう事を聞いて当たり前って感覚は、どうしてもあった。

実際、出会った頃のジャックスの行動は、僕だからシャムを守る為の右ストレートで対応したが、普通に平民の家の子供だったら、泣く泣く使い魔の猫を差し出していた可能性は高いのだ。

だからこそ僕は当初、或いは今も、クラスメイトに危ない奴だと恐れられていたのだろう。

今の一年生は、僕が殴り、ジャックスが態度を改めた為、身分の違いによる影響は、クラス内ではごく僅かである。

だが二年生は、侯爵という高位貴族の出であるグランドリアが筆頭に居る為、身分の影響が色濃く出ている学年らしい。

それこそ本来ならば最も実力が高い、二年生の当たり枠であるところのキーネッツが、先鋒に使われるくらいには。

勝ち抜き戦じゃなくて、一対一の戦いを五回行うだけのイベントで、最も高い実力者を先鋒に置く意味は薄いと思う。

いや、先鋒の勝利で全体が勢い付くとか、戦略的な意味は、本来ならあるのかもしれないけれど、この配置はそういう効果を考えての事ではない筈だった。

最もありがたいのは、キーネッツの名前がない事だったのだけれど、身分の影響が色濃くでる二年生で、それでも代表の一人に食い込んで来る辺り、流石は当たり枠と言うべきか。

シールロット先輩曰く、今の僕では、キーネッツには勝ち目がないそうだ。

逆に言えば、他の二年になら、少なくとも身分を重視して選ばれた代表になら、勝てる見込みはあるらしい。

ヴィーガストというのが侯爵家の家名だと知る者の視線は、自然にジャックスに向く。

確かにフィルトリアータ伯爵家の子息である彼ならば、グランドリアの相手も失礼なく務め、無難に終わらせる事ができるだろう。

実際、ジャックスは戦闘学の成績もトップクラスなので、代表に選ばれてしかるべき人材だ。

皆が彼にそれを期待するのは、至極当然の話だった。

けれども、ジャックスは首を横に振る。

「断る。確かに私なら、無難にヴィーガスト殿の相手は務まる。だがそれは、程々に戦った後、無難に負ける。無難に勝ちを献上するという事だ」

そして彼は、自分にグランドリアの相手をさせようというクラスメイト達を見回し、そう言った。

まぁ、確かに、ジャックスがグランドリアの相手に選ばれれば、誰の目にもそう映る。

ポータス王国の伯爵家と、クルーケット王国の侯爵家に、そんなに身分の違いはないけれど、一年生が二年生に、無難に勝ちを譲ったのだとは見做(みな)されるだろう。

譲ったというか、勝ち目がないから無難な結果に済むように、被害を抑える為に動いたと、そんな風に。

「それは私が、ヴィーガスト殿に勝ちを献上するだけじゃない。一年生が、二年生に対して、自ら膝を屈して勝利を譲り渡すという意味だ。……無難にな。それを私は、面白いとは思えない。だったらこのクラスには、私よりも面白い結果を齎す者が一人、いるだろう。相手がどんな貴族でも関係なく打ち倒す、私を殴り倒した、私の友が」

ジャックスが真っ直ぐに、僕を見据えてる。

どうやら彼は、僕なら二年生の大将に勝てると思っている様子。

多分、根拠なんて全くないのだろうけれど、ジャックスの目は、僕を信じて疑わない。

本当に彼は、そういうところだぞって思う。

期待が実に過剰である。

僕としては、キーネッツ以外の相手であれば、二番手でも三番手でも四番手でも良かったのだけれど、……最後の試合、大将を譲って貰えるのなら、そりゃあ目立って好都合だ。

普段なら、そんなに目立つのは好きじゃないけれど、今回は僕の都合に合致した。

後は、こんな風に推されて、もしもあっさりと負けたら恥ずかしいなぁって事だけれど、それはもう仕方ない。

何にだって失敗のリスクは付き纏う。

だったら、そう、やってやろうじゃないか。

「わかった。いいよ。他の皆もそれでいいなら、僕に任せて」

そう宣言すると、クラスメイトの幾人かは苦虫を噛み潰したような顔をするが、反対意見は出なかった。

もし反対して、ならば代わりにグランドリアの相手をするかと言われれば、自分が窮地に立たされる事がわかっているから。

僕に敵意を持つクラスメイトって、二年生で言うところの、グランドリアの取り巻きのような連中だし、そりゃあ侯爵家の人間を相手に、模擬戦なんてできないだろう。

グランドリアの相手を決めるという、最大の問題が解決すれば、後は戦闘学の成績を基準に、残るメンバーはスムーズに決まる。

僕の友人の中で選ばれたのは、ガナムラが二番手で、ジャックスが四番手だ。

貴族が嫌いなガナムラは、今の二年生の状態なんて大嫌いだろうから、戦意は高い。

ジャックスは、僕に五番手を譲ったから、四番手になるのは妥当だろう。

クレイは体力はあるけれど戦闘はそれほど得手じゃないので選ばれず、パトラはそもそも戦う事自体に忌避感がある。

シズゥは意外に戦えるのだけれど、それでもクラスの中でトップクラスという訳ではないし、こういった場で見世物になる事も好まない。

ちなみに一番手、二年生の当たり枠であるキーネッツの相手には、ガリアが選ばれていた。

彼も騎士の家の出だけあって、戦闘訓練は幼い頃から積んでるらしく、決して弱くはないのだ。

騎士の家の出だからこそ、安易に負けられないって話だったが、相手が明らかに格上である上級生ならそれも許されるんだろうか？

ただ、対戦相手が悪過ぎるので、それを知らないガリアが、少しばかり気の毒になる。

まぁさておき、戦うと決まったなら、後はそれに向けて、最大限の準備を整えるのみ。

二年生と一年の経験の差は非常に大きいが、だからこそ彼らには、多少なりとも慢心がある筈。

一年前、当時は一年生だった彼らは、上級生に圧倒的な敗北を喫してる。

故に、今年の下級生である一年生には、同じように圧倒的な勝利をしたいと思っているだろう。

別にそれを卑しい気持ちと咎める心算はない。

人ならば、そう考えて当然だ。

しかしその感情を、僕らが素直に受け止めてやる義理はなかった。

僕は、僕の都合の為に、この模擬戦の勝利を目指す。

◇◇◇

その日、基礎呪文学のゼフィーリア先生に連れられて、本校舎の地下にある魔法の練習場に降りた僕らは、思わぬ物を目の当たりにする。

昨日まで、確かに魔法の練習場だった筈のその場所は、周囲に観客席まで備えた広い円形の闘技場に変わっていたのだ。

……地下闘技場かぁ。

悪趣味だなぁ。

学校側にそういう意図はないのかもしれないけれど、僕は地下に隠された闘技場というと、どうしても何か後ろ暗さを感じてしまう。

観客席には高等部の生徒が、いち、に、さんの……、三十人くらい。

他には先生や、見知らぬ……、恐らく来年以降にお世話になるのだろう先生らしき大人も座ってる。

うぅん、完全に見世物って感じだ。

だけど、高等部の生徒の中には、ちゃんとシールロット先輩が見に来てくれてて、僕のやる気は少し上がった。

「はい、じゃあ代表以外の子は、あちらの観客席に移動して。代表の子はこっちの席よ。二年生が来たらすぐに始まるから、準備なさい」

変貌（へんぼう）した地下、闘技場の雰囲気に飲まれるクラスメイト達に、けれどもゼフィーリア先生は全く何時（いつ）もと同じ調子で、テキパキとした指示を出す。

こんな事は魔法学校では、或いは魔法使いにとっては当たり前なのだから、いちいち動揺するなと言わんばかりに。

しかし、一体どんな魔法を使えばこうなるのか、少しばかり気になる。

魔法で資材を運んで組み立てた？

いや、この模擬戦は毎年のイベントだというし、その度にわざわざ組み立てるのは手間な筈。

ならば観客席や闘技場はどこかに仕舞ってあって、そこから取り出してきたと考える方が、個人的にはしっくりとくる。

……例えば、この闘技場や観客席は、魔法の練習場と表裏一体で、くるりと地面をひっくり返すと闘技場が表に、魔法の練習場が裏になるなんてのは、どうだろうか。

闘技場は観客席まで含めるとかなり大きいから、ひっくり返すのは一苦労だろうけれど、魔法を使えば難しくはない。

なんとなく、自分の中でこの現象に理由が付くと、驚くほどの事ではないように思えてきた。

もちろん他の方法で魔法の練習場と闘技場が入れ替わった可能性もあるけれど、それは然(しか)して問題じゃなくて、自分が納得できるかどうかが重要なのだ。

ゼフィーリア先生の誘導に従って、代表の席に移動しながら、改めて闘技場を見る。

まず最初に気になるのは、闘技場と観客席の間に、強く魔法の気配を感じる事。

これは多分、観客を守る為の防御の魔法か何かだろう。

錬金術か、魔法陣か、何れかの仕掛けが施されてると予測ができた。

闘技場そのものは、かなり広い。

普通に魔法を撃ったり防いだりするだけなら、不必要なくらいに。

やっぱりこれは、攻撃や防御だけじゃなく、移動の魔法が使われる事も念頭に置いて作られた闘技場なのだろう。

以前、シールロット先輩が高等部になったばかりにも拘わらず、旅の扉の魔法を使った事からもわかるように、初等部の二年生で移動の魔法は教わるそうだ。

尤も移動の魔法は基礎の域を大きく超えており、特にシールロット先輩のように長距離の移動の魔法を習得できる生徒はごく僅からしい。

ただ短い距離の、視認できる範囲を移動する魔法に関しては、三割以上が二年生の間に習得するそうで、代表として模擬戦に出てくる生徒なら、使えると考えた方が無難であった。

まぁ、そういった魔法を使えると知っていれば、対処のしようは幾らかある。

二年生がそういう魔法を習ってる事は、他の代表にも伝えてあるが、しかし彼らの相手がそれを使うかどうかはわからない。

それを使うまでもなく一年生は素の実力で簡単に押し潰せると考えるかもしれないし、大将であるグランドリアの為に札を伏せておく可能性だってあった。

チームワークと言っていいのかはわからないけれど、グランドリアの立場が圧倒的に強い二年生は、僕らよりもずっと纏まりがあるだろう。

もちろん、僕は決してそれを健全だとは思わないけれども。

さて、二年生が地下の闘技場に入ってくる。

実に堂々とした姿で、今日の主役は自分達だと思っているのが、態度から滲(にじ)み出ているようだ。

正直、生徒の立場からすると、この初等部の一年生と二年生の模擬戦は、問題だらけのイベントだった。

高等部に上がった後ならともかく、初等部の段階では、一年という経験の差はあまりにも大き過ぎる。

単に、生徒の実力を測り、公開したいだけならば、一年生同士、二年生同士の模擬戦を見せるイベントにした方が、何倍もマシな見世物になるだろう。

当然、学校側には学校側の思惑はあるのだろうけれど、それはちっとも見えてこないし。

けれども、シールロット先輩曰く、このイベントは結構長く続いてるらしい。

少なくとも、校長が今のマダム・グローゼルになってからは、毎年欠かす事なく行われているそうだ。

そして生徒からの反対は、あまり多くないという。

何故なら、一年生は唐突にこのイベントを知る為、よくわかってないからあまり反対しないし、二年生は一年生の時に手痛い思いをしているけれど、次の年は自分達が相手を圧倒できる立場なのだから、反対なんてしよう筈がない。

つまり、そう、あの二年生達は、このイベントは勝って当たり前だと思い、去年の憂さを晴らせると喜び勇んで、あんなにも自信満々な態度で、地下の闘技場にやってきた。

そう考えると、何だかこう、あの二年生を泣きっ面にしてやりたいって気持ちが、ふつふつと湧いてくる。

僕らが一方的に負けなければ、このイベントで馬鹿馬鹿しい憂さを溜めなければ、来年の一年でそれを晴らす必要なんてない。

この問題の多いイベントに、僕らは堂々と反対意見を出せるのだ。

当たり前の話だが、未熟な年下の後輩を嬲るより、自分よりも経験を積んだ年上に勝利する方が、絶対に何倍も気持ちがいいに決まってるのだから。

◇◇◇

それから始まった初等部の一年生と二年生の模擬戦。

初戦はガリアと、二年生の当たり枠であるキーネッツ。

この模擬戦は、すぐに終わってしまうだろうとの僕の予想に反して、ガリアがとても健闘する。

いや、キーネッツが健闘をさせてくれたというのが正しいか。

彼はまるでガリアの良さを引き出すかのように、気持ちよく戦えるように誘導して受け止め、その上で力ずくではなく、技量で上回って勝利をして見せたのだ。

あぁ、それはまるで、優れた教師による指導のようにすら、僕は感じた。

もちろん傍目(はため)には、そこまで露骨な訳じゃなくて、ガリアが思ったよりも健闘したってだけに見えるだろうけれど、僕はキーネッツの戦いを、自分が相対すれば勝ち目があるだろうかと、探る心算で見てたから。

でも、あれはちょっと勝ち目が見えない。

シールロット先輩の言葉は、悔しいけれども、正しかった。

来年の僕は、果たしてあそこまで強くなれるだろうか。

全然底なんて見せなかったのに、それでも身震いする程に、キーネッツは強い。

席に戻ってきたガリアには、キーネッツが指導をするように戦ったとわかってるのだろう。

その表情には、確かに悔しさもあるんだけれど、何というか、憧れの色が見えた。

……そんな顔もできるのかって、ちょっと驚く。

人には、良いところも悪いところもあるのは当然で、僕は彼に対しては一面しか見ようとしていなかったから、知らない顔があるのは当然なんだけれども。

シャムにも、キーネッツの戦いを見た感想を聞いてみたいところだけれど、今日は僕も模擬戦に出るから、パトラに預けてしまってる。

いやまぁ、僕の傍に居たとしても、人目があるから話なんてできないが。

だがそんな模擬戦は、最初の一戦目だけだった。

二人目のガナムラと、三人目のクラスメイトが、単純な実力差、簡単に言えば習得した魔法の数という、手札の多さに押し潰される。

また彼らは、どちらも杖以外の、装飾品の発動体も所持していたから、使う発動体を切り替える事で、不利な体勢からでも魔法を使う。

ガナムラはかなり善戦したのだけれど、流石に知らない魔法への対処は、一歩も二歩も後れを取る。

ただその分、僕は二年生の魔法を数多く目の当たりにできて、随分と助かっているけれど……。

しかし二年生の代表は……、思ったよりも強くない。

あぁ、いや、多くの魔法を扱える時点で、強いのは強いんだろうけれど、戦い方がそこまで上手い訳じゃなかった。

折角複数の発動体を持っているのに、同時に複数の魔法は使わないし。

けれどもそれ以上に酷かったのが、四人目の戦いである。

二年生の代表は、対戦相手であるジャックスに対し、露骨に力を加減して来たのだ。

キーネッツのように相手の良さを引き出し、その上で相手を技量によって上回る、自然な、美しい戦い方ではなく、単なる忖度。

フィルトリアータ伯爵家という、高位貴族の出であるジャックスに対して、一方的に打ちのめす事で恥をかかせないようにしようという魂胆の透けて見える戦い方だった。

あぁ、改めて考えれば、高位の貴族が仕切ってるという二年生なら、そうしてきてもおかしくはない。

だけど僕が、一年生が知る高位の貴族はジャックスだったから、そんな恥知らずな真似がまかり通るなんて、予想もしていなかったのだ。

……でもジャックスは、そんな戦い方をしながらあしらえるような甘い奴じゃなかった。

彼は二年生の、見え見えの攻撃を、恐らく内心ではプライドを傷付けられて怒りながらも、冷静に捌き、隙に乗じて魔法の繋がりを成功させ、相手を吹き飛ばして勝利する。

相手が、ギリギリのところで自分が勝つ心算だったのか、それともジャックスに勝利を譲る心算だったのかはわからないけれど、そんな思惑なんて関係なしに。

席に帰ってきたジャックスは、酷く硬い顔をしていたけれど……、

「情けない戦いを見せたな。後は任せる。頼むぞ、キリク。本当の勝ちを取って来てくれ」

僕に向かって、そう口にする。

うん、それは、もちろんだ。

最初から勝つ気でここに居たけれど、その意志はより強くなった。

仇を討つっていうのは、ちょっと違うから言わないけれど、僕の友人にあんな顔をさせる原因を作ったのであろう二年生の大将は、泣きっ面にしてやろう。

そう、心に決めて、僕は首にかけていた指輪を外し、改めて右手の指に塡めてから、座っていた席を立つ。

先代の校長、ハーダス・クロスター、もといハーダス先生の指輪は、僕の指に吸い付くようにサイズを変える。

二年生が強いのは知ってるし、その実力も目の当たりにしたけれど、負ける気は少しもしない。

「ふん、フィルトリアータの御子息にも困ったものだね。彼が一年生をちゃんと掌握してたなら、私も級友にあんな無様な真似をさせずに済んだのに。それとも、一つでも勝ちをもぎ取ろうと、浅ましい策を巡らせた結果かな？」

闘技場に立って相対すれば、グランドリアはそんな言葉を口にしていた。

僕に話しかけてるんだろうか。

それとも独り言だろうか。

その言葉は、僕に話しかけてるようではあったけれど、その目はまるで僕を捉えてない。

まるで彼の世界には、身分の高い者しか存在しないのだとでもいうかのように。

グランドリアにとって、僕は書き割りのようなものなんだろうか。

どうやら随分と、彼はこれまで、全てが自分の思い通りになってきたらしい。

これは何とも、殴り甲斐、或いは泣かせ甲斐があるなぁと、ちょっと感心してしまう。

まぁ、甲斐がなくとも、僕の友人を馬鹿にした以上は、殴るし、泣かせてやるのだが。

◇◇◇

相手の性格が透けて見えると、選ぶ戦法にも何となくだが察しが付く。

こちらを嫌って見下しているなら、嬲ろうとしてきたかもしれないけれど、そもそもグランドリアは僕を見てすらいなかった。

だったら、恐らく彼の狙いは速攻だ。

素早く僕を片付けて、自分の優秀さを周囲に見せ付ける心算だろう。

グランドリアの装備は、腰に剣と杖を差して、両腕に銀色に光る腕輪を塡めてる。

杖を予備にして、装飾品の発動体を二つも持つなんて、……やっぱり貴族は金持ちだ。

普通の制服じゃなくて、わざわざマントを身に着けてるから、あれにも何らかの魔法は掛かっている可能性が高い。

……うん、まぁ、問題はない。

闘技場を見回せば、シールロット先輩が声援を送ってくれてるのが目に入る。

次にパトラと、その膝の上に抱えられ、こちらを見守ってるシャムも。

パトラの隣の席には、シズゥの姿があって、ちょっと心配そうな顔をしてた。

クレイもその近くにいるけれど、こちらは全く心配した様子はなく、気楽に声援をくれている。

代表者の席には、ガナムラとジャックス。

ガナムラは貴族を嫌ってるが、流石にさっきのジャックスの試合には思うところがあったのだろう。

怒りを孕(はら)んだ顔をしてる。

そしてジャックスは、真っ直ぐに僕を見てた。

友人達の様子は、そんなところだ。

そして戦闘学の先生であるギュネス先生の声が、模擬戦の開始を告げる。

「砕け散れ！」

開始と同時に、実に物騒な言葉と共にグランドリアは、両手を前に突き出して、右から炎を、左から氷塊を放つ。

単なる炎と氷塊じゃなくて、繋がりを維持した、発展の可能性を残した二つの魔法を。

……単に二つの魔法を使うだけじゃなく、どちらにも繋がりを維持してるなんて、グランドリアはやはり二年生の中でも実力者の部類には入るのだろう。

ジャックスが一年生の中でも、身分なんて関係なく、実力者であるように。

でも、どうせ詠唱無しで魔法を撃つなら、わざわざ声を発しない方がいいと思うのだけれども。

この二つが魔法の繋がりで弾けて広がれば、鎧や盾の魔法じゃ防げない。

だけど貝の魔法を使ってしまえば、手数に勝るグランドリアにそのまま押し固められ、動けずに敗北を喫してしまう。

もしも僕が無策で突っ立っていたなら、そうなる事は避けられなかっただろう。

しかし僕は、グランドリアが速攻を仕掛けてくると、予め確信してたから。

僕は魔法で盛り上がってくる地面を足場に、その勢いを借りて大きく跳び、放たれた炎と氷の上を越える。

グランドリアは、その行動に驚きながらも即座に追加で魔法を放つが、僕も今度は貝の魔法の使用を躊躇わない。

何故なら僕は、もう既に宙を跳んで動いているので、貝の魔法を使用しても、このまま動き続けるからだ。

貝の魔法は自発的な移動ができなくなるが、全方位に障壁を張れる強力な防御魔法だった。

その全方位の障壁を使って砲弾と化した僕は、グランドリアを上から押し潰す。

もちろん、仮にも二年の代表であるグランドリアを、たとえ完全に実力ではなくとも、その大将を務める彼を、この程度であっさり仕留められはしない。

砲弾と化した僕の着弾地点にグランドリアの姿はなく、随分と離れた場所に移動していて、恐怖と驚きの入り混じった表情で僕を見ていた。

シールロット先輩に聞いていた、視界内に転移する短距離の移動魔法である。

つまり二年生の切り札の一つを、向こうの意図せぬ形で使わせてやったのだ。

グランドリアに、僕を対戦相手として認識もさせるというおまけ付きで。

でも、それにしても、便利な魔法だなぁと思う。

僕も早く使いたい。

流石に授業で習ってもいない呪文を、勝手に先輩に教えて貰うのもどうかと思ったので自重したけれど、目の当たりにするとやはり移動の魔法は羨(うらや)ましくなる。

さて、ここからが本番だ。

今ので終わられてしまったら、ハーダス先生の指輪を持ち出した意味がなくなってしまうところだし。

この模擬戦で、僕がやらなきゃいけない事が二つあった。

一つは、この模擬戦で勝利を収めて注目を集める事。

初等部の一年でありながら、上級生に勝利する程の才を示せば、更に上の高等部の学生達にとっても、手を出せない相手となれる。

今は取るに足りずとも、将来的には大きく成長するだろう魔法使いの恨みを買う事は、将来に大きな災いを齎しかねない。

そう思わせる為に、勝利が必要だ。

もう一つは、この試合で二つ目の発動体を使いこなす事。

装飾品の発動体の中でも、邪魔にならない小さな指輪は、かなり高価な代物だ。

所有者も、決して多くはない。

実際、高位の貴族であるグランドリアも、持ってる発動体は二つとも腕輪だった。

故に僕が指輪の発動体を使いこなせば、その持ち主としてこの魔法学校で広く知られるだろう。

そうなると、僕はコソコソせずに堂々と指輪を肌身離さず持ち歩けるし、仮に誰かに盗まれても、その誰かは指輪を懸命に隠さなきゃならない。

もしも僕が指輪の持ち主であると知られてなければ、奪った相手もしらばっくれる事は可能だ。

だがこの指輪の持ち主が僕であると広く知られていれば、犯行が露見した際には、犯人は魔法学校での居場所を失うリスクを負う。

つまり手出しが し難(がた)くなるという理屈である。

魔法学校側とて同じだった。

生徒の魔法の発動体を取り上げてしまうのは、あまりに外聞の悪い話だ。

恐らく、この指輪が何なのか、最も早く正体に辿(たど)り着くのは魔法学校側、特にマダム・グローゼルだろう。

だからこそ、僕はこの指輪の所有者が自分であると広く知らしめて、……その後はすぐにマダム・グローゼルと話し合い、この指輪の所有を認めて貰う心算である。

これが、シールロット先輩が僕に入れ知恵してくれた、ハーダス先生の指輪を保有し続ける方法だ。

まぁそれも、この模擬戦に勝利してからの話だが……、グランドリアの様子を見る限り、その時もそんなに遠くない。

彼は怒りに燃えた目で僕を睨むが、それは感じた恐怖が転じた怒りだった。

要するに心の乱れがそのままなのだ。

思ったよりも、メンタルが弱い。

目の前に立っていたのがジャックスならば、とっくに切り替えているだろうに。

放たれる攻撃魔法を、左手に握った杖先に生じさせた盾で防ぎながら、指輪を塡めた右手の平に、魔法の火を灯す。

火は広がり大きな炎となり、そして敵に向かって、グランドリアへと放たれた。

こちらが防御と同時に攻撃という、二つの魔法を使いこなした事に驚いたのか、グランドリアの対応が一瞬遅れる。

そして僕の放った炎は、グランドリアが展開した盾に触れる直前で、魔法の繋がりを通じた爆ぜろとの意思に応じ、爆炎と化して広がった。

四つの魔法の繋がり。

これは前期の試験の時にもできたのだけれど、左手に別の魔法を使いながらだと、難易度は跳ね上がる。

詠唱をせず、繋がりの数をわかり難くしながらだと尚更だ。

複数の魔法を同時に使うコツを教えてくれて、練習にも付き合ってくれたシールロット先輩には、本当に幾ら感謝しても足りない。

周囲に広がった高威力の爆炎は、正面のみに障壁を張る盾の魔法じゃ完全には防げない。

そうなるとグランドリアがダメージを負わずにそれを防ぐ方法は、短距離を移動する魔法で逃げるか、自分の周囲の全てを守る貝の魔法のみ。

しかし短距離を移動する魔法は決して万能ではなく、視界の範囲内にしか転移はできなかった。

広がる爆炎が視界を遮りつつある中、果たして落ち着いて転移は可能だろうか。

普段なら、或いはそれもできたかもしれないけれど、心の余裕を欠いたグランドリアは、確実に僕の魔法を防ぐ方法、貝の魔法に頼る。

故に、これでチェックメイトだ。

貝の魔法の欠点は、移動ができなくなってしまう事。

この魔法で引き籠ってしまえば、暫しの安全は得られるが、イニシアチブを相手に一方的に握られてしまう。

それは一年も二年も変わりなく、グランドリアが最初に僕に対して狙った展開でもあった。

切り札の短距離を移動する魔法も、全周を覆う障壁を越えての転移は、向こう側が見通し難くなる為、難易度は跳ね上がる。

更に貝の魔法を維持しながらそれを行うのは、……シールロット先輩や、キーネッツならともかく、グランドリアには難しいだろう。

多少のダメージなんて無視して、盾の魔法でどうにか耐え、引き籠らずに攻撃に転じていれば、この先の展開もまだわからなかったが、彼はそれを選ばなかった。

グランドリアは、実力的には決して弱くはなく、二年生の代表として恥ずかしくない力はあったのだろうけれど、……先程も述べた通り、残念ながらメンタルが脆(もろ)い。

盾の魔法を解除して、僕は再び土の魔法を使って地面を盛り上げ、宙を跳ぶ。

貝の魔法には、貝の魔法。

既に向こうの障壁の耐久度は、爆炎を防いだ事ですり減っていた。

後は、勢いを付けてこちらの障壁をぶつければ、向こうの貝の魔法は音を立てて割れる。

そしてこちらの障壁がグランドリアを押し潰してしまう直前で、流石にそのままだと死にかねないので、僕は魔法を解除して、けれどもその勢いは殺さぬままに右の拳(こぶし)を叩き込む。

咄嗟(とっさ)に剣を抜こうとするグランドリアの動きは、僕からしてみると実に遅くて、右拳は彼の顔に、吸い込まれるように突き刺さった。


この模擬戦は、それが決着の一撃だ。

……そういえば、グランドリアが着てたマント、結局どんな魔法が掛かってるか、わかんなかったなぁ。

◇◇◇

コツコツと僕は大きく重たそうな扉をノックする。

そして一呼吸置くと、扉は自ら内に開いて、

「どうぞ、キリクさん、シャムさん。入ってください」

マダム・グローゼルの声が僕を招く。

僕は深く息を吸って、吐いて、それでも少し心が定まらなかったので、肩に乗ったシャムの顎(あご)を撫でてから、意を決して中へと入った。

校長室に入るのは、学校に来たばかりの時以来だっけ。

シャムはそれとは別に、夏期休暇の頃に来た事があるらしいけれど、僕はその時は、クルーペ先生の研究室で魔法薬を作る仕事をしてたから。

随分と久しぶりに入った校長室の様子は、以前と全く変わりない。

「模擬戦はお疲れさまでした。随分と活躍されてましたね。貴方の優秀さが発揮されているようで何よりです。それで、用件はその、指に填まった物の話ですね？」

穏やかな口調と、柔らかな声で、マダム・グローゼルはそう言った。

彼女の口調や声は、決して擬態ではない。

マダム・グローゼルは本当に優しくて、生徒想(おも)いの校長だ。

しかし……、それだけでも決してないのだろう。

魔法学校の校長が、優しいだけの人に務まる訳がないのだから。

「これは夏の雨の日に、先代の校長、ハーダス先生が中庭に遺した仕掛けを解いて手に入れました。他の場所にある仕掛けの鍵にもなってるそうです。でも僕は、これを自分で所有したいと思っています」

何一つ誤魔化さず、事情と希望を、僕はマダム・グローゼルに告げる。

まぁ、ほら、僕とマダム・グローゼルじゃ役者が違い過ぎて、安易な嘘は見抜かれてしまうだけだし。

僕の言葉に、マダム・グローゼルは少し困ったような表情を作って、

「……そう、ですね。しかしハーダス先生の名前を知ってるならわかると思うのですが、それは大変に魔法的な価値のある物です。発見したのがキリクさんでも、校内にあった物ですし、そうですかと差し上げる訳にはいきません」

そんな言葉を口にした。

でもその表情は、僕にもわかり易く作られた物だ。

彼女なら、もっと上手く、本気で困ってるのだと僕に思わせる表情を作るのだって、簡単だろうに。

わざと楽しさを隠し切れない様子を見せてる。

まるで子供と戯れる母……、というよりは祖母のようにだ。

「わかっています。でもこれは、ハーダス先生が僕に遺してくれた物だと、思うんです」

きっとマダム・グローゼルは殆ど察しているだろうけれど、話せと言外に促されてるようだから、僕は素直にそう話す。

だけど、もしもこれで、彼女が察してなかったら、僕の言葉は酷く傲慢に聞こえるかもしれない。

幸いにも、そんな恥ずかしい事にはならなかったようで、僕の言葉に、マダム・グローゼルは一つ頷く。

「星の知識ですか。キリクさんがそう言うなら、そうなのでしょうね。あの方は、星の知識を持った子供を見付ける為の仕組みを、幾つも魔法学校に作りましたから」

そう言った彼女の声は、とても懐かしそうだ。

しかし、星の知識を持った子供を見付ける仕組みか……。

心当たりは幾つかある。

例えば、実際に僕が見出された当たり枠の仕組みだとか、今回の、初等部の一年生と二年生の模擬戦だとか。

以前に読んだ『星の世界』という本には、星の知識を持つ者は、強い魂の力、要するに高い魔法使いとしての才能を持つとあった。

世界の壁を越えれる程の魂は、必然的に強い力を持つという。

故に当たり枠も、模擬戦も、直接的に星の知識を持つ者を探す訳じゃなかったが、高い魔法使いの才を持った者を選別する仕組みだ。

当然、魔法使いの才を求めるのは、魔法学校としても不自然な行為ではないから、その裏にもう一つ別の目的が含まれていても、あまり気付けはしないだろう。

それこそ、僕のように星の知識を持っている、当事者でもない限り。

「つまり、キリクさんは星の知識を持っていると、認めるのですね？　一応、言っておきますが、別にどう答えられても、私が貴方を害する事はありません。シャムさんとも、そういう契約をしていますので、そこは安心してくださいね」

……えっ？

けれども、続くマダム・グローゼルの言葉は、僕にとってあまりに予想外だった。

シャムがマダム・グローゼルと契約？

校内の探索を許す代わりに、首輪をつけるって事以外に？

僕の身の安全？

混乱しながら、僕が肩の上のシャムを見ると、……彼は前脚で僕の頬(ほお)を押し、マダム・グローゼルへと視線を戻させる。

いや、遊んでる場合じゃなくて、そこはちゃんと確認したいんだけど。

でもシャムだって、ずっとは誤魔化し切れない事くらい、わかっているだろう。

何せ僕と彼はこれまでずっと一緒に生活してきたし、これからもそうして行くのだ。

だから今は、マダム・グローゼルとの話に集中しろって事か。

「認めます。他の星の記憶を持った人がどうなのかはわかりませんが、僕はハーダス先生と近い世界の記憶を持ってます。ただ、僕とハーダス先生の年齢の違いを考えると、同じ世界ではないのかもしれませんけれど……」

　僕は呼吸を整えてから、はっきりとそう告げる。

　ただ、ハーダス先生に関しては、僕も色々と疑問は多い。

　この世界に、僕より随分と早く生まれたハーダス先生、記録では僕が生まれるよりも先に、この世界でも亡くなった彼が、どうしてマインスイーパーを知ってたのか。

　あれは、少なくともＰＣ機器の類が誕生してから作られたゲームの筈だ。

　指を折って数えても、どうにも世代が合わない。

　尤もそれは、僕の個人的な疑問であって、今の本題ではないけれども。

「そうですか。私に星の世界の事はわかりません。ですがハーダス先生は魔法陣を使って、魔法の『ぷろぐらみんぐ』をしているのだと仰(おっしゃ)ってましたね。中庭の仕掛けもそれだと思います」

　マダム・グローゼルは、そう言って、本当に懐かしそうに微笑(ほほえ)んだ。

　あれは、魔法でプログラミングしたゲームという訳か。

　星の知識といっても、様々なんだなぁと、改めて思い知らされる。

　だって僕、プログラミングとか、全然さっぱりわからないし。

　……しかし、もう一つ、シャムに確認する事ができたな。

　中庭の仕掛けに僕を案内したのがシャムで、マダム・グローゼルは中庭の仕掛けを把握していて、シャムとマダム・グローゼルは契約をしているらしい。

　そうなると、どうしてもあの雨の日、シャムが僕を中庭に連れて行ったのは、マダム・グローゼルの意思が関わっていたんじゃないかと、そう思ってしまう。

だが、シャムが僕の為にならない事をしないってのもわかってるから……、あぁ、もしかして、あの頃、僕が『星の世界』って本を読んで、あからさまに思い悩んでいたのに、シャムに何も相談しなかったから、彼はそういう行動に出たのか。

「僕はどうすればいいですか？　マダム・グローゼル、貴女は、僕をどうしますか？」

僕は、一つ息を吐いてから、マダム・グローゼルにそう問うた。

自分の足りなさが、どれだけシャムに心配を掛けていたのか、それを思うと、少しばかり凹む。

「いえ、特に。これまで通りに学生として頑張ってください。貴方は特に問題のある生徒ではないですからね。模擬戦で、あのまま、魔法で相手を押し潰そうとするようでしたら、少しは考えないといけなかったでしょうけれど、貴方はそうしませんでしたし」

少しだけ、覚悟を決めて問うたのに、けれどもマダム・グローゼルは、即座に首を横に振る。

どうする心算もないのだと。

あぁ、だけどあの試合には、やっぱり観察の意図があったのか。

今回の話で、マダム・グローゼルは少しずつ言葉にヒントを入れて、僕が色々と気付けるように、促してくれてる。

多少、回りくどいところはあるけれど、これが彼女の優しさか。

「ですが、一つだけお話をしておきましょう。ハーダス先生は、とても偉大な魔法使いでした。しかし人として生き、人の寿命の範疇で亡くなりました。もう、十五年程前でしょうか」

人として生き、人として死ぬ。

つまりハーダス先生は星の知識を持つ魔法使いであっても、人として逸脱はしなかったのだと、マダム・グローゼルはそう言っていた。

「魔法陣の扱いに関しては他の追随を許さぬ方でしたが、単純に戦うなら私の方が強かったでしょう。……つまり、多少は特別でも、異端ではなかったのです。貴方も、そうですよ。今日は上級生に勝ちましたが、例えば、貴方と仲の良いシールロットさんには、同じように勝てるとは思わないでしょう？」

うん、それは、もちろんそうだ。

星の知識を持つ者は、魂の力が強い。

しかしそうでない者にも、同等の魂の力を持つ者は、何人もいる。

それが、例えばマダム・グローゼルであったり、シールロット先輩であったり、或いはキーネッツであるのだろう。

ハーダス先生が、当たり枠なんて仕組みを作ったのは、もしかすると、星の知識を持つ者を孤独にしない為、或いは増長させない為だったのだろうか。

いや、そこまで考えるのが、傲慢なのかもしれないけれど、でもそう考えてしまうくらいに、この学校は僕に対して優しかった。

「ですから、貴方はただの我が校の生徒の一人です。多少特別である事は否定しませんが、貴方が道を外れぬ限り、私がそれを保証しましょう。多くの友人を作って、楽しい学校生活を送ってくださいね。その指輪は、貴方に預けておきます。ハーダス先生も、見守ってくださいますよ。それから、シャムさんもですね」

マダム・グローゼルの言葉は、最後まで本当に優しくて、僕は肩のシャムが落ちない程度に、彼女に向かって頭を下げる。

◇◇◇

それから、数日。

あの後、部屋に戻った僕はシャムと話し合いになったんだけど、……まぁ、お互いに秘密を抱えてたって事で手打ちになった。

小さな頃からずっと一緒にいたのに、お互いに秘密を抱える余地がよくあったなぁって、まるで他人事（ひとごと）のように感心してしまう。

シャムがマダム・グローゼルと交わした契約は、シャムが僕が星の記憶を持っているのかどうかを確かめる手助けをする代わりに、マダム・グローゼルは僕が理不尽に人を傷つけるような真似をしない限り、一人の生徒として保護し、害さないって内容だったらしい。

元々、シャムも僕の秘密が知りたかったし、マダム・グローゼルだって余程の事がない限りは生徒を害する心算はなかったようだから、両者の利害は一致したのだ。

要するにシャムの行動は、殆どが僕の為のものだったので、彼に文句を言える筋合いは、僕にはあんまりなかったのだけれども。

あぁ、でも、自分の事で頭が一杯だったから、初等部の一年生と二年生の模擬戦は、やっぱりクソみたいなイベントなので、中止にしようとマダム・グローゼルに訴え損ねたのは大失敗である。

ただクラスの雰囲気は、模擬戦以降、少し良いものになっていた。

まず僕が二年生の大将のグランドリアに勝利したし、ジャックスも不本意な形ではあっても、やはり勝利を収めてる。

勝ち星は二年生の方が多いけれど、一年生と二年生という違い、大きなハンデを考えれば、大健闘と言っていい。

また何よりも、二年生の雰囲気を間近に感じた事で、一年生は随分とマシ……、というか良い環境なのだと、皆がそれとなく察したのだろう。

地位を笠に着て独裁者としてクラスに君臨せず、けれども為すべき事をなしたジャックスを、皆が認めて頼りにし出したのだ。

何しろ、貴族そのものが好きじゃないガナムラですら、ジャックスと言葉を交わす事を厭わなくなったくらいに。

他には、ガリアのグループが僕を嫌ってるのは変わらないんだけれど、その中でもガリアは、僕に敵意を向けるよりも、自分の研鑽に熱心になったように見えるのは、……良い風に考え過ぎだろうか。

尤も、こんなの結果的に良い風に作用しただけで、場合によってはクラスの雰囲気は逆に悪くなってただろうから、模擬戦のイベント自体はやっぱりクソだと僕は思ってる。

さて、大きなイベントが一つ終われば、後期も既に残り僅かだった。

もう何週間かで、後期の試験が始まって、それが終われば一年を締めくくるパーティがあり、冬期休暇が始まるだろう。

要するに、ウィルダージェスト魔法学校での最初の一年が終わるのだ。

いや、まぁ僕は、冬期休暇も学校の寮で過ごすから、そんなに明確な区切りがある訳じゃないけれども。

そう言えば今の二年生は、後期の終わりには卵寮を出て、自分達が進むべき科の寮へと移るらしい。

卵寮の部屋を空け、次の一年生を迎える為に。

そして冬期休暇が終わる頃には、僕らの後輩がこの魔法学校にやってくる。

ちょっと楽しみだ。

折角の後輩には、模擬戦なんてクソのようなイベントではなく、もっと違った形で接したい。

……そういえば、どうしてそこまで生徒に戦い方を仕込むのか。

それを必要とする脅威、敵がいるのかも、聞き忘れてしまった。

あの話し合いは、もっと色々と聞き出せるチャンスだったのに、僕は自分の星の記憶や、シャムの契約の件で頭が一杯だったから。

随分と惜しい事をしたような気がする。

まぁ、気軽に話に行ける人ではないけれど、機会が全く作れないという訳ではないだろうし、次は忘れないようにしよう。

発表された後期の試験内容は、前期とおおよそ変わらなかった。

一般教養と魔法学は筆記試験で、錬金術は指定された魔法薬を時間以内に作成する実技。

基礎呪文学は前期と全く同じで、魔法の繋がりを、しかし前期よりも一つでも多く繋げて見せる事が試験らしい。

戦闘学も前期と同じく、ギュネス先生との模擬戦だ。

しかし、残念ながら、そう、非常に残念なのだけれど、一年生と二年生の模擬戦に代表として出た生徒は、戦闘学の試験は免除となる。

元々、代表として選ばれる生徒は、クラスの中でも戦闘に関しては上澄みで、尚且つ二年生との模擬戦で、研鑽の度合いも確認済みだからって理由だという。

その話を聞いて、クラスメイトの殆どは羨ましそうだったけれど、代表の半分くらいは、僕も含めて、残念極まりないって顔をしてた。

どうやら僕以外にも、代表に選ばれるような生徒は、ギュネス先生に前期の試験の恨みを晴らしたかった様子。

あぁ、ちょっと親近感が湧く。

ギュネス先生に試験で借りを返せたら、あの二年生のグランドリアを殴った時より、もっと気持ち良かった筈なのに。

……あれ？　もしかして、こういう生徒の相手をするのが面倒だから、ギュネス先生は逃げたんじゃないだろうか。

一年生も残り僅か。

ここまであっという間だったようにも感じるけれど、思い返せば色々とあった。

そして多分、これから先も、恐らく色々あるだろう。

でも、うん、何があっても、きっと大丈夫だ。

何しろ僕には、シャムがいる。

「シャム、そろそろ行く。今日はちょっと冷えるなぁ。学校の外は、もっと寒いんだろうね……」

そう言って手を伸ばせば、シャムが僕の腕を通り道に、肩まで駆け上がる。

環境が制御された異界であるウィルダージェスト魔法学校は寒さもマシだけれど、結界の外は水が凍るくらい冷える季節だ。

定位置に付いたシャムの体温が、ちょっと嬉しい。

「キリク、昨日の晩に書いてた魔法学の宿題、机の上に置きっ放し。ちゃんと持って行かないと提出できないでしょ」

だけどシャムは前脚でグイと僕の頬を押し、忘れ物を指摘する。

あぁ、そんな物もあったっけ。

色々と思い返してたら、すっかり頭から抜け落ちていた。

けど、ほら、ね？

今日もシャムがいるから、大丈夫だったでしょ。

◇◇◇

後期の試験の結果は、僕に関して言えば前期と変わらずだ。

戦闘学は試験が免除で、基礎呪文学や錬金術の課題も既に問題なかったから、魔法学と一般教養に集中して力を注ぐ事ができたし。

魔法学と一般教養の筆記試験は前期よりも随分と難しかったけれど、時間を掛けて備えれば、流石にどうにかなる。

ただ僕はともかく、友人達はやはり試験に苦労したらしい。

例えばクレイは、ジャックスに順位を抜かれたそうだ。

戦闘学の試験が免除され、高評価を約束されたジャックスは、やっぱりその分だけ他に時間を回せたから、全体的に成績が少し向上している。

しかしクレイの結果は前期と大差なく、僅かだったジャックスとの差が、ひっくり返った形になった。

シズゥも、少しだが順位が下がった様子。

やはり上級生との模擬戦に出た組が全体的に成績を上げた分、他のクラスメイトの順位が下がってる傾向にあるのだろう。

ガナムラは結果を教えてくれなかったけれど、得意そうな顔をしてたし。

パトラは、戦闘学の試験で、ちゃんとギュネス先生を攻撃できたと言ってた。

尤も、彼女は攻撃をする事はできたらしいが、運動の苦手さ、戦いに対する焦り(あせ)が出てしまって、結局まともな模擬戦にはならなかったらしく、もう暫くはギュネス先生の補習を受けるそうだ。

でも、確実に一歩、前に進んだことは間違いがない。

まぁ試験の結果がどうであっても、一喜一憂くらいで十分だ。

結果を鼻にかけて傲慢になるべきではないし、結果に落ち込み過ぎる必要もない。

何しろこの試験は、あくまで過程に過ぎず、僕らがどんな魔法使いになるかは、まだまだ定まっていないのだから。

それよりも、今は試験が終わった後にあるという、一年を締めくくるパーティが僕は気になっていた。


「パーティって言っても、ちょっといいご飯が出るだけだろ?」

なんて風に言ってるシャムも、そのご飯が目当てでソワソワしてるのが、僕にはわかる。

もちろんシャムの言う通り、ちょっといいご飯が出るだけの、終業式代わりのようなものかもしれない。

私服での参加もOKらしいが、制服以外にパーティと呼ばれるものに参加できるような服なんて持ってないし。

多分それは、僕だけじゃないと思うのだ。

でも他の皆がばっちりと決めてたら怖いから、どうやら同じ恐怖を感じてるらしいクレイと一緒に、パーティ会場に向かう約束をしてた。

パーティ会場で、一人で浮くのは耐えられなくても、仲間がいれば多少はマシな筈だから。

「キリクってさ、度胸があるのかヘタレなのか、たまにわかんなくなるよね」

シャムが実に失礼な事を言う。

パーティ会場で浮くのなんて、僕じゃなくても、誰だって嫌に決まってるだろうに。

あぁ、でもシャムは何時も猫の姿でも堂々としてるから、その辺りの感覚はわかり難いのかもしれない。

少しだけ抗議の意味を込めて、肩には乗せずに小脇に抱えて、僕は寮の部屋を出る。

食堂でクレイと合流したら、パーティ会場である講堂に向かった。

僕は入学のタイミングが他のクラスメイトとはズレてるから、講堂に入るのは実は初めてだ。

クレイは、何だか少し緊張したような顔をしていて、僕らは顔を見合わせて笑う。

どうやら、僕も似たような顔をしていた様子。

卵寮を出ると、講堂の方に向かって歩くクラスメイトの姿が見えた。

一年生がパーティ会場に入場する時間は決まってて、上級生たちは先に入場してるらしい。

「そういえばクレイは、パーティがどんな風か、先輩に聞いた？」

僕がそう問い掛けると、クレイは首を横に振る。

ただ、彼も聞こうとしなかった訳じゃなくて、

「いや、聞いたんだけど、当日を楽しみにしてってって言われて、教えて貰えなかったんだ。……今まで、そんな風に隠された事なかったんだけどな」

聞いた上で教えて貰えなかったらしい。

ちなみに、僕も同じだった。

シールロット先輩には当日の服装とか、どんなパーティが開かれるのかを訪ねたのだけれど、楽しそうに笑ってごまかされたから。

「もしかすると、一年生には内容は秘密って決まりなのかもしれないね」

僕がそう言えば、クレイも同じ考えだったらしく、頷く。

ふと先に、講堂へと入って行くシズゥとパトラの姿が見える。

何でも貴族の女性は、家族か親しい男性にエスコートをされるって習慣があるらしいけれど、シズゥは今回、それを無視する事にしたらしい。

それよりも仲の良い同性の友達と、パーティを楽しむ事を優先した。

恐らくそれは、少なくとも親しい仲間の前以外では貴族としての体面を保とうとする彼女にとって、とても大きな決心だったのだろう。

しかし残念ながら、僕にはどうしても、その重さを実感はできない。

例えばジャックスなら、それを感覚としてわかるのだろうけれど、生まれの違いというのは、こういう時にはとても大きいから。

ただ、うん、シズゥがそう決断したなら、彼女にとって今日のパーティが、楽しい物になって欲しいと僕は思ってる。

二人とも、普段の制服じゃなくて、ドレスに身を包んでて、雰囲気が何時もとまるで違う。

少し見惚れそうになったけれど、それも何だか悔しいので、敢えて視線を外す。

貴族であるシズゥはさておき、パトラの家も、娘にドレスを買えるくらいにお金持ちなのか。

そういえば王都の家、割と大きかったしなぁ。

どうやらクレイも、何時もと違うクラスメイトの姿にちょっと動揺したらしくて、二人を追い掛けて声を掛けたりはしない。

女の子の雰囲気は、装い一つであまりに変わり過ぎる。

いやもちろん、服以外にも髪型とか、化粧とか、色々あるんだとは思うけれども。

僕らは、前の二人がこちらに気付かず、講堂に入ってしまうのを待ってから、それから改めて、歩き出す。

やっぱりおっかなびっくりで。

星の記憶なんて持っていても、情動的には僕はまだまだ未発達なのかなって、ちょっと思い知らされた。

小脇に抱えてたシャムが、小さな溜息を吐いて、するりと抜け出し、僕の肩に這い上がる。

◇◇◇

初めて立ち入った講堂は、魔法の光に溢（あふ）れてた。

僕の記憶の片隅にある、イルミネーションも凌（しの）ぐ程に、多様な色の光がそこかしこから放たれたり、光の玉が宙を飛んでる。

魔法使いとしては情けない話かもしれないけれど、僕は思わず呆（ほう）けてしまう。

本来なら、まずは真っ先にどういう魔法なのかを詳細に観察すべきなのに。

……でも、何だろうか。

どうしてだか僕は、目の前の光景に、不思議な郷愁（きょうしゅう）を感じてしまって、目がちょっと潤む。

いや、泣いてはないんだけど、何でだろう。

幻想的な光景だから、するならせめて感動だと思うのだけれども。

「キリク君と、そのお友達だね。それからシャムちゃんも。ようこそ、一年を締めくくるウィルダージェストのパーティへ」

だがそんな僕を感傷から引き戻してくれたのは、そう声を掛けてきたシールロット先輩だ。

彼女もまた、普段の制服姿とは違って、淡いオレンジのドレスに身を包んでて、やっぱり何時もと雰囲気が違う。

簡単に言うと、ハッとする程に綺麗だった。

「これって、先輩達が？」

だけどそれを素直に口にするのは、ちょっと軽薄な感じがするし、何よりも恥ずかしいから、僕

は誤魔化すように別の事を問うてしまう。

会場をぐるりと見回せば、色とりどりの光以外にも、至る所に魔法の力を感じる。

それは膨大な数で、とても一人や二人の魔法使いの仕業じゃない。

じっくりと観察できた訳じゃないけれど、そのどれもが個性的で、なのに無秩序じゃなく、ちゃんと一つの目的の下に統一されていた。

パーティに訪れた者を魅せ、楽しませようって。

「そうだよ。高等部は総出だねー。その為に、初等部とは試験の日程も違うの。パーティに初めて参加する一年生を驚かそうって、皆で頑張ったんだよ。毎年、去年のパーティに負けないようにって張り切るから、どんどん派手になってるし」

クスクスと、シールロット先輩は笑ってそう教えてくれる。

なるほど。

このパーティには、僕以外の一年生、例えば隣にいるクレイだって、同じように衝撃を受けただろう。

そして上級生、高等部と、今の自分達のあまりの違いを思い知る。

だがその違いが、数年後には埋まっているであろう事も、つまり自分の未来の姿も、同時に知れるのだ。

途中で挫折してしまわなければの話だが。

そりゃあ、奮起するに決まってる。

僕も今の、このパーティの様子を目に焼き付けて、自分が高等部になり、準備に関わるようになったら、これ以上の物にしてやろうって気持ちは、もう心に宿ってた。

「クレイ、来たのね。あぁ、そっちが例のライバル？　ふぅん、なかなか手強そうね」

ふと僕らに、いや、正しくは僕と一緒にいたクレイに話しかけてきたのは、濃い青のドレスを着た、とても大人っぽい女性の先輩。

見た目はとてもクールそうで、だけど不思議と情熱的な印象も受ける、……初対面の女生徒を評する言葉としては不適切かもしれないけれど、強さを感じる女性だ。

シールロット先輩が軽く頭を下げていて、彼女がそれを鷹揚に受け止めてるから、より年上の先輩だろう。

あぁ、そういえば、クレイがアルバイトに行ってる先輩は、黄金科の二年生だっけ。

やっぱりクレイも、先輩が着飾った姿には、顔を赤らめて戸惑っている。

だよね。

そうなるよね。

うん、仕方ないと思う。

頑張れ、クレイ。

「貴方にはシールロットが付いてるみたいだし、クレイは借りていくわね？」

名前も知らない先輩は、僕にそう告げるとクレイの腕を取って、サッと連れ去っていく。

何だか、凄い人だった。

クレイが僕に、目線で必死に詫びてるけれど、別に気にしなくていい。

「アレイシア先輩、相変わらずだねー。じゃあキリク君は、私と回ろっか」

だってシールロット先輩なら、こう言ってくれるってわかってるし。

寧ろ、僕的には万歳だ。

友人と過ごす時間も大切だけれど、それはそれってやつである。

それにしても、シールロット先輩がそういう言い方をするなんて、クレイの先輩、アレイシアは有名な人なんだろうか。

例えば、高等部の二年生の、当たり枠だったり?

「違うよ。アレイシア先輩は、氷の魔女って呼ばれるくらいに凄くて、今の高等部の二年では首席だけど、当たり枠じゃないかな。……二年の当たり枠は、もう居ないからね」

だけど僕の疑問に、シールロット先輩は首を横に振り、少し沈んだ声で、そう言った。

その声の重さから察するに、学校を去ったって事じゃなくて、もしかして言葉通りに、もう居ないって意味だろうか。

一体、その当たり枠の先輩に何があったのか。

「ごめんね。パーティでする話じゃないから、この話はまた今度にしよ。それより、お腹空かない？　前にキリク君が気になるって言ってた、ジャイアント・ウシ・トードの舌、今日なら食べられるよ。気味悪がって食べない人も多いけれど、私は美味しいと思うんだー」

もちろん気になるけれど、ただ、シールロット先輩は聞いて欲しくなさそうだ。

少なくとも、今は。

また今度って彼女が言うなら、その機会を待つとしようか。

確かに、パーティの席でするような話じゃなさそうだし。

僕は素直に頷いて、シールロット先輩の勧めに従い、食事が並ぶテーブルへと向かう。

パーティ会場で制服を着てるのは、多くが初等部の生徒だった。

高等部の先輩は、殆どが綺麗に着飾ったり、中には仮装をしてる人もいて、見てるだけでも華やかで楽しい。

何となくだけど、高等部にもなると、出自なんて関係なく高価な衣服で着飾れるくらいには、稼げるんだなぁって伝わってくる。

仮装は道化の衣装や、魔法生物を模した格好など、様々だ。

あの、首なし騎士の格好をしてる先輩は、……どうやって自分の首を頭から取り外したんだろう？

魔法である事はわかるんだけれど、あそこまで行くとちょっと怖い。

ドラゴンの衣装……、というか着ぐるみに身を包んでる人までいた。

今日は本当に、羽目を外す日らしい。

あぁ、そうか。

高等部の三年、つまり最上級生は、もうこの魔法学校でパーティに参加する事はない。

卒業式のような物があるのかどうかは、僕は知らないけれど、もしかするとこのパーティが彼らの最後の行事であるかもしれないのだ。

そりゃあ、羽目も外すだろう。

テーブルには見た事もない料理が、中には材料を聞くのが怖くなるような見た目の物も、並んでる。

ドリンクは流石に酒ではなくて、果汁を絞って水で割ったジュースが主だ。

宙を、弾き手のいない楽器が飛び、楽し気な音楽を奏で出す。

これも高等部の先輩の魔法が成せる技だろう。

僕はシャムと一緒に、謎の料理を口一杯に頬張ったり、シールロット先輩に手を取られて、踊った事もないダンスを踊ったりして、心行くまでパーティを楽しむ。

ウィルダージェスト魔法学校での最初の一年は、こうして楽しく終わりを告げた。

なんて言うと、まだ年が変わるまでは少しあるから、気はちょっとばかり早いけれども。

番外編✦シャム・いつもと変わらぬ村の一日

朝、薄明かりが差し始める頃には、自然と目は覚める。

ボクと同じように起きてきた両親は顔を洗ってから、朝食の支度を始めてた。

大きく一つ伸びをしてから、ボクも同じように顔を洗う。

その後、両親は食卓に座って朝食を食べ始めるけれど、ボクはまだ。

お腹はもう空いてるけれど、キリクが起きてから一緒に食べてあげないと、ちょっと寂しそうな顔をするから。

全く手間のかかる奴だった。

二人分のパンを包んで、その包みを首に結んで、ボクは家を出る。

このケット・シーの村は、外出時、二本足で歩く派と、四本足で歩く派が、丁度半分ずつくらい。

ボクの家だと、父は四本足でサッサと歩くが、母は二本足でゆっくり歩くのが好きだ。

母は前脚、作業に使う手を汚すのが嫌で、父はその辺りがルーズだからだろう。

ただ、母と一緒に歩く時は、父も二本足で、同じ速度でゆっくり歩く。

ボク？

ボクは自分で歩くよりも、運んで貰う方が好きだった。

キリクも昔は小さかったけれど、今じゃなんだかんだで大きくなって、ボクを肩に乗せられるくらいになっている。

あぁ、キリクはこのケット・シーの村に住む、ただ一人の人間だ。

ボクがまだすごく小さかった頃に、父を含む大人のケット・シー達が連れて帰って来た。

なんでも森の中にポツンと置かれている赤ん坊のキリクをシュリーカーが見付け、キーキーと鳴いて他の妖精に助けを求めたんだとか。

シュリーカーは、ケット・シーと同じ妖精の一種で、大きな二つの足と大きな目、毛深い獣のような姿をしてる。

前脚というか、手はなくて、ボクらはあまり気にならないけれど、妖精以外の目から見ると、かなりの異形に映るだろう。

そんなシュリーカーだけれど、何かの特定の条件を満たした時、大きなキノコの帽子を被った、人間の女性の姿を手に入れる場合があるらしい。

シュリーカーとの呼び名が変わる訳じゃないんだけれど、古い姿と古い生き方を脱ぎ捨てた、新しい存在への新生だった。

ボクはその姿をしたシュリーカーを見た事はなくて、つまりそれくらいにレアな話なんだけれど、キリクを見付けたシュリーカーは、その人間の女の姿をしていたという。

多分、その条件を満たしたのが赤ん坊のキリクで、だからこそシュリーカーは、金切り声で他の獣を威嚇して、他の妖精がやって来るまで守っていたんだろうと、父は言ってた。

それで妖精達の間で、その赤ん坊をどうするかって相談が行われたそうだ。

最も相談といっても、妖精の相談がまともな物になる筈はない。

ボギーが鍋で煮込んで食べてしまおうと発言してシュリーカーを怒らせ、ピクシーが自分達に赤ちゃんを頂戴と連呼して、やっぱりシュリーカーを怒らせた。

そんな感じで相談は大いに揉めたけれど、結局、妖精の中ではまだしも人間に近い暮らしをしてるケット・シーがその赤ん坊を、キリクを引き取る事に決まる。

次にケット・シーの村で、誰がキリクを引き取ろうって話になったんだけれど、これも希望者は多かったらしい。

だってやっぱり、人間の赤ん坊って、こんな森の中では珍しいし、面白いから。

でもその時、村で母乳を出せたのが、ボクを生んでからまだそんなに経ってない母だけで、それがボクの家にキリクが引き取られた理由だった。

なのでボクは、キリクの幼馴染にして、同じ母の乳を飲んで育った、乳兄弟になったのだ。

今は、ボクの家のすぐ隣が、キリクの住んでる家。

昔は一緒に住んでたんだけれど、……人間ってある程度の年齢になるとかなり大きな身体になるから、ボクらケット・シーに合わせて作られた家に住むには、あまりに不便が多過ぎた。

だから今では、村のケット・シーが総出で新しい家を建てて、キリクはそこに住んでいる。

ボクはキリクの家の扉を身体で押し開けて、中へと入った。

扉は、ボクの家のそれよりもずっと大きくて、ちょっと重くて、生意気で腹が立つ。

鍵も掛けられるようになってるけれど、キリクが鍵を閉めていた事は一度もない。

中に入ったら、まずは椅子に飛び乗り、それを足場に机に飛び乗り、首の包みを解く。

パンはボクが持ってきたから、ジャムやバターを出すのはキリクの役割だ。

視線をベッドにやれば、キリクは、ボクの幼馴染にして乳兄弟は、スヤスヤと暢気な顔で眠りこけてる。

この時間に、キリクが起きてる事は殆どない。

キリクが人間だから、朝が弱いのか。

それとも単にキリクが寝坊助なだけなのかは、ボクも知らないけれども。

ボクはお腹が減っていて、朝食をとりたい。

だからキリクを起こす為、テーブルから彼のベッドの上まで、大きく跳ねて飛び移る。

キリクは、本当に大きくなった。

一緒に住んでた家を出た時よりも、更に一回りくらいは。

生意気だなぁって思う。

ボクを乗せて運んでくれるのは嬉しいけれど、こんなにも大きいのは生意気だ。

昔は、ボクとそんなに変わらない大きさだった癖に。

これからも、もっと大きくなるんだろうなって、思う。

そしたらキリクは、どうするんだろう。

ボクの家から出る事になったように、この村からも出て行ってしまうんだろうか。

多分、村の大人のケット・シー達は、やがてはそうするべきだって考えてる。

ボクは……、それはちょっと、嫌だけれど。

「キリク、キリク！　起きなよ。どれだけ寝たら気が済むの」

前脚で、寝てるキリクの顔を押し、起きるように促す。

すると掛け布団の中から、キリクの二本の腕が伸びて来て、ボクをきゅっと抱え込んだ。

今日は、考え事をしてたからだろうか、避け損ねて、逃げ遅れて、捕まってしまった。

全く、キリクはしょうがない奴だ。

ボクはお腹が空いてるのに。

でも、捕まってしまったし、今日はもう、しょうがない。

生意気だけれど、キリクの勝ちにしておいてやろう。

寝こけてるキリクの体温は暖かくて、心地好くて、ボクは、一つ大きく息を吐いてから、目を閉じる。

◇◇◇

キリクは、実は結構村では頼りにされている。

ケット・シーよりも身体が大きいから、少し高いところくらいなら飛び上がらなくても手が届くし、荷物の持ち運びだって得意だ。

だからって訳じゃないけれど、昼間は用事を頼まれる事も多い。

数年前までは、お昼は追いかけっこをして遊んでたけれど、ボクも彼も、そんな年齢じゃなくなった。

「今日は、そろそろ麦を少し取って来て頂戴」

午前中、母に言われて、ボクらは麦取りだ。

キリクは自分の足で歩くけれど、ボクは彼の肩の上に乗る。

ケット・シーの村の外は、木々が生い茂る深い森。

村の周囲はケット・シーの縄張りで、その外側はまた別の妖精の縄張り。

この辺り一帯は、妖精の領域になっている。

更に外側には、多くの色んな生き物が棲(す)んでいるけれど、契約と妖精の結界によって、それらが妖精の領域に踏み込んでくる事は滅多にない。

まぁ、そんな事はどうでもいいんだけれど、要するに村の周囲の森は、ボクらにとって安全な場所だった。

兎(うさぎ)とか、鹿とか、猪(いのしし)とか、熊とか、普通の獣はいるから、お肉が食べたい時はそれを狩るのだ。

キリクも、熊となると多分無理だけれど、鹿くらいなら首を圧(へ)し折り、一人で狩れる。

もしも熊が出て来たら、その時はボクの出番だろう。

他所の森ではどうなのかは知らないけれど、ケット・シーの縄張りでは、熊は決して強者じゃない。

普通の獣に過ぎない熊は、幾ら体が大きくても、この森だと狩られる側だ。

ボクらケット・シーよりも更に小さな妖精、ピクシーだって、熊くらいなら簡単にあしらえる。

そう考えると、キリクってこの森の中だと、とてもか弱い存在だった。

熊が相手だったら、逃げる事はできるかもしれないけれど、狩るのは命懸けになるだろうし。

尤(もっと)もボクが付いてるから、キリクが熊を相手に危険な狩りをする必要なんてない。

村を出て暫(しばら)く歩くと、麦の群生地に辿(たど)り着く。

大人のケット・シーから聞いた話だと、人間は畑に麦を植えて育てて収穫してるらしいけれど、凄(すご)く面倒な事をしてるなって、その話を聞いた時には思った。

ここの麦は、春も夏も秋も冬も、一年中、こうしてここに実ってる。

妖精の領域だけにある、妖精麦の群生地。

「ポルドニッツァ、ポレヴィーク、麦を少し貰いに来たよ！」

でも妖精麦の群生地に入る前に、一つ挨拶(あいさつ)が必要だ。

妖精麦の群生地は、ケット・シーではない別の妖精、麦を守るポルドニッツァやポレヴィークの縄張りだった。

キリクはひと声かけてから、ボクの母から預かった鳥の卵を二つ、群生地の近くに置く。

卵が二つで籠(かご)一杯の麦の粒を収穫していい。

これがポルドニッツァやポレヴィークと交わされている契約だ。

鳥の卵は美味しい貴重な食べ物だけれど、妖精麦は殻を剝いて粉にして、水で練って生地にすると、一粒でパンが一つ焼けるくらいに膨らむ。

それが籠一杯に収穫できるのだから、対価としては破格だろう。

収穫は、麦穂一つから、一粒か二粒の麦だけを摘まみ取っていく。

実に面倒臭い収穫だけれど、こうやって収穫すれば、一晩で麦穂は元通りの粒の数に戻るから、妖精麦はいつまでもなくならない。

人間が育てた畑でやるという、麦穂を刈ってごっそり収穫するやり方だと、ポルドニッツァやポレヴィークを怒らせてしまう。

ちなみに、ポルドニッツァは収穫の間に休憩を挟まないと、強引に休憩をさせに来るし、逆にポレヴィークは休憩時間が長いと、早く働けってせかしに来る。

反対の性質なのに同じ場所に居る、面倒臭い妖精達だった。

だからこの時ばかりはボクもキリクの肩をおり、彼と並んで麦の粒を摘む。

こっちが対応を誤らなければ、ポルドニッツァもポレヴィークも姿を見せない。

でも、ボクの身体の大きさだと、二本足で立っても、麦穂が高くて収穫は捗らなかった。

キリクはさっさと麦を摘んでいくのに、ボクはどうしたってチマチマになる。

なんかとっても腹立たしいけれど、互いに得意な事が違うし、一緒にいるとより楽しいのも事実だから、……うん、複雑。

キリクが九割くらい、ボクが一割くらい摘んで、籠は麦で一杯になった。

これだけあれば、暫くの間はパンに困らない。

あぁ、もちろんここから殻を剥いて粉にして、水と練って生地にして焼かないと、パンは出来上がらないけれど。

帰り道、籠を抱えたキリクの肩の上で、ボクは大きく欠伸(あくび)する。

とても眠い。

そろそろ午睡の時間が近かった。

村に帰ったら昼食を取って、ボクはそのまま昼寝をする予定だ。

キリクは昼寝とかせずに、多分ボクの母とか、他のケット・シーの手伝いをして午後を過ごすだろう。

どうして朝はあんなに弱いのに、昼間が眠くならないのか、ボクにはとっても不思議である。

小さな頃は、昼間もボクの隣で寝てたのに。

まぁ、いいや。

彼は人間で、ボクはケット・シー。

これから先も、違いは沢山見付けるだろう。

だけどそれでも、キリクがボクの幼馴染で、乳兄弟である事実は変わらない。

きっと、ずっと。

◇◇◇

夕暮れ時、村の広場から賑やかな声が聞こえてきた。

その声に目を覚ました僕は、大きな欠伸を一つしてから、身体をグッと伸ばす。

どうやら大人のケット・シー達が猪を狩って持ち帰り、広場で焼き始めたらしい。

今日の夕食は、広場で焼いた猪肉を食べる事になりそうだ。

さて、キリクはどこに行ったんだろう。

ピョンと寝床から降りて周りを見回せば、

「シャム、キリクならもう広場に行って、猪の解体を手伝ってるわよ」

母がボクに向かってそう言った。

ええ、そんな事してるなら起こしてくれたらいいのに。

面倒な作業なら断るけれど、猪の解体だったら、先に良い部分のお肉を確保したりできるメリットがある。

少し不満に思ってると、母がふふっと可笑しそうに笑う。

「今から行けば、そろそろ焼き上がったお肉が食べられる頃合いだろうから、これを持って行ってきなさいね」

そう言って、母がボクにくれたのは、籠に入った何枚かの平焼きのパン。

一人分にしては随分と多いから、キリクと一緒に、これに焼いた猪肉を挟んで食べろって事か。

しょうがない。

お肉だけで食べるより、パンと一緒に食べた方が美味しいだろうから、ボクがこれを持って行ってあげよう。

ボクは、お肉の中だと猪が好きだ。

脂がたっぷりとのった猪のお肉は、どこか甘みを感じてとても美味しい。

鳥肉も、鳥の種類によっては悪くはないんだけれど、猪のお肉のボリュームには敵わないし。

他に鹿や、熊なんかも狩れるけれど、……やっぱり猪のお肉かなぁ。

他にも、この森には普通の獣じゃない、特別な力を持ってたり、知能の高い生き物が多くいるけれど、そうした連中の一部には、猪なんてめじゃないくらいに凄く美味しいのもいたりする。

ただ、妖精の領域の外側ならともかく、内側の方であるケット・シーの縄張りには、そうした生き物が辿り着く事は滅多になかった。

大人のケット・シー達も、わざわざ縄張りを離れて遠くまでは、狩りをしにはいかないし。

そういえば、人間の世界には牛や豚とか、鶏とか山羊とか、食べる為に飼育されてる獣がいるって話だ。

わざわざ食べる為に飼育するとか、そんなに美味しい獣なんだろうか。

それはさておき、パン籠を担いで広場に向かえば、キリクの姿はすぐに見つかる。

この村で唯一の人間である彼は、やっぱりこの村でも一番目立つ存在だった。

だからボクがキリクを見付けられるのは当たり前なんだけれど、殆ど同時にキリクもボクに気付いてこちらを振り向く。

何時(いつ)も思うんだけれど、キリクってなんでそんなにボクの事が好きなんだろう？

いや、キリクは村の皆の事が好きだ。

必要な手伝いが終わった後、ボクが寝てる間も、彼は村のどこかで手伝いをしてる。

それは別に仕事をするのが好きだからって訳じゃなくて、キリクは村のケット・シー達の役に立ちたい、喜ばせたいと考えているからだった。

キリクがそんなに頑張らなくても、村の皆も、十分にキリクの事を好いているのに。

でもそんな他の村の皆と比べても、キリクがボクに向ける好意の量は圧倒的に多い。

さっきみたいに、遠くてもこっちに気付くし、ボクに気付くと、ほら、作業の手を止めてでもやって来る。

「シャム、もうすぐ肉が焼けるよ。あ、パン持って来てくれたんだ。ありがとう」

近くまで小走りでやって来てそう言ったキリクは、猪の脂に汚れていたけれど、そりゃあ今まで解体や調理の手伝いをしてたなら、仕方がないか。

布で拭(ぬぐ)っただけじゃ、手に付いた脂は完全には綺麗(きれい)になってないけれど、それでもボクに触る事を許してやろう。

キリクだから、特別だ。

パンも、ボクよりも身体が大きいから多めに分けてあげる。

キリクが手伝いをしながら、良い部分を確保してくれてたから、焼いた猪肉はとても美味しかった。

人間であるキリクの手は大きいから、食べ物を掴むつか時は便利そうで、ちょっと羨うらやましい。

彼は自分の分を食べながらも、ボクの分も平焼きのパンに猪肉を挟んでくれる。

ボクの世話を焼くキリクは、なんだか何時も楽しそうだ。

村での一日は、こんな風に過ぎていく。

食事がパンじゃなくてシチューだったり、仕事が麦摘みじゃなくて薬草取りだったり、キリクの手伝いが猪の解体じゃなくて家の修繕だったり、細かな違いはあるけれど、大体は昨日と変わらぬ今日を過ごし、今日と変わらぬ明日が来る。

何時までも、こんな風には過ごせないだろうとは思う。

村の皆はキリクの事が好きだけれど、だからこそ彼はいずれは人間に混じって、自分の同種達と生きていくべきだって思っているし。

それでもキリクがもっともっと大きくなるまでは、こんな日々が続くだろうって思ってた。

だけど、そんな日々の終わりを告げる使者は、想像よりもずっと早くにやってくる。

エリンジって名前の、魔法を使う人間が、キリクを魔法学校に入れたいと、この村にスカウトをしに訪れたから。

番外編✦クレイ・後ろの席のヤバい奴

魔法学校に通い始めて一ヵ月、冬の寒さはまだ和らがないが、クラスメイトの顔くらいは概ね覚えた頃、やばい奴がクラスに編入してきた。

その日、基礎呪文学の授業に、見知らぬ先生が現れたかと思うと、教科担当のゼフィーリア先生と話をして、それから一人の男子生徒が招かれて教室に入って来る。

何がやばいって、その彼は何故か肩に一匹の猫を乗せていたのだ。

ここは魔法学校で、通う生徒は皆が魔法使いを目指す場所だった。

貴族はどうだかわからないけれど、特に俺のような田舎の子供は魔法使いになれれば一気に将来が変わるだろう。

うぅん、魔法使いの才能があると見出されただけで、既に現状は大きく変わっている。

寮で出される食事は温かく、美味しく、お腹が一杯になって、ベッドは柔らかく、寝藁のようにチクチクしない。

それどころか、熱い湯を身体に浴びるなんて贅沢まで、当たり前のように毎日できるのだから。

だから殆どの生徒は、少なくとも俺は、魔法使いになる為に必死になろうと思ってる。

五年間、ずっと必死でいるのは厳しいだろうけれど、それでもできる限りの時間は、頑張って、

The story of wizardry school with Cait Sith

この素晴らしい生活をずっと当たり前にしたいと思ってた。

なのに、そんな場所に、ごく当たり前のようにペット連れでやって来て、しかも一緒に授業を受けようとする彼が、目立ってしまわない訳がない。

しかも彼は、そんなに緩々とした態度なのに、皆より遅れて学校に編入して来たのに、即座に教えられた魔法を成功させたのだ。

火を灯す魔法は、初歩の初歩だとは言われたけれど、それでも何も知らない編入者が一発で成功させれば、誰もが驚く。

もしかして、実は別のどこかで魔法を習ってて、その上でこの魔法学校にやって来たんじゃないだろうかって疑ってしまうくらいに。

でも俺がその彼、キリクをやばいと認識したのは、猫を平然と連れてる事でも、魔法が物凄く得意な所でもなくて、目立った彼に絡んだ貴族を一切躊躇わずに殴り飛ばして、失神させてしまったからだ。

キリクがどこの国の出身であっても、貴族が触れてはいけない存在である事に違いはない筈。

なのにその拳には、一切の躊躇いが感じられなかったし、そもそも相手が貴族じゃなくったって、失神させる勢いで殴るのは本当にヤバイ。

余程に力が強いか、殴り慣れてるかのどちらかだ。

そしてキリクの場合は、多分そのどちらもなんだと思う。

見た感じはそこまで力を込めた風には見えなかったのに、周りが止める間もない素早い動きで、殴られた貴族は宙を舞ったから。

力が強くて殴り慣れてて、貴族が相手でも躊躇しない。

それは間違いなくヤバい奴だろう。


ただ、不思議と怖い奴ではなかった。

キリクが常に猫を連れてたからかもしれないけれど、彼が纏う雰囲気は随分と優しいものだ。

猫に構いたがる女生徒を邪険にしたりせず、彼女が猫と遊んでるのをのんびり眺めてたり、席の周りの生徒には、そこには俺も含むんだけれど、割と普通に話し掛けて来るし。

単に魔法が得意なだけじゃなくて、座学の授業も真面目に受けてる。

長時間の勉強をしてるって訳じゃないんだけれど、要領が良いのか、それとも頭が賢いのか、理解するのは早いらしい。

随分と恵まれてて羨ましいなって感じなくはないんだけれど、貴族を殴り飛ばした事からもわかる通り、一般教養は全然ダメだった。

一体、彼はどんなところで過ごしてたんだろう。

人がいない山奥で育ったのか？

そんな風に思ってしまうくらいに、キリクの常識はズレていた。

魔法が得意で、攻撃に躊躇いがなくて、勉強もできるけれど常識はズレてて、時に優しい。

あまりに印象がバラバラで、キリクをなんて表現して良いのかもわからぬままに、俺は何時の間にか彼と仲良くなっていく。

俺だけじゃなくて周囲の席の生徒や、猫を構いたがる女生徒に加えて、なんとあの殴り飛ばした貴族とも、キリクは何時の間にか仲が良かった。

どうしてそんな事になるのかと、後で詳しく話を聞いてみると、あの貴族はキリクが連れてる猫を寄こせと言って来たから殴ったけれど、もう言わないらしいから気にしないと、そんな言葉を口にする。

貴族を殴った経緯が猫の為ってのも驚きだけれど、それだけ怒ったのに、その感情を後に引かないところも、驚きだ。

つまりキリクは、もうそういう生き物なんだと理解するしか他になかった。

そもそも俺も、田舎の村で生まれ育ったから、沢山の人を知ってる訳じゃない。

こういう人間もいるんだろうと割り切って、友人として付き合っていく事に決める。

だって、俺が理解できる範囲では、キリクは凄（すご）くて優しくて、良い奴だったから。

……理解できないところは怖いけれど、それは魔法使いである先生達だって、貴族として生きてきた生徒だって、同じく俺には理解できなくて怖いのだし。

そして同時にこうも思う。

俺もそんな風に、誰かの理解の外側に行きたいと。

堂々と、貴族に対しても怯（おび）えず怯（ひる）まず、自分をしっかりと貫き通して。

その為の道は、ちゃんと自分の目の前に伸びていた。

魔法という、多くの人にとっては未知の、理解の外側にある不思議な力を扱える道が。

単に村で生きるよりも良い生活ができるからと魔法使いを目指してた俺が、より明確な目標を持てたのは、憧れの、とても凄い友人のお陰だと、ハッキリと言い切れる。

何時かは俺も、その隣に肩を並べて、同じ景色を見てみたい。

番外編✦パトラ・私の不思議なお友達

このウィルダージェスト魔法学校には、冬休みの前、学年の終わりの最後の行事として、パーティが開かれる。

「うん、パトラ、とっても似合ってる！」

楽しそうに、私にそう言ってくれるのは、魔法学校にきてできた友達の一人の、シズゥちゃん。

彼女は、ホントはウィルパ男爵家ってところの貴族なんだけれど、私とも仲良くしてくれる優しい子だ。

シズゥちゃんと一緒にパーティに出たくて、この日の為にドレスを買って貰ったから、彼女の言葉が本当に、とっても嬉しい。

もちろん、貴族のお嬢様であるシズゥちゃんのドレス姿はとっても素敵で、二人で並ぶのはちょっと勇気が要るけれど、それでも友達だったから、一緒にパーティ会場へと向かう道を歩いてるだけでも楽しくて、私は今、ワクワクしてた。

パーティが始まったら、もっともっと楽しいのだろうとは思うけれども。

「シズゥちゃんも、素敵だね」

私の言葉に、シズゥちゃんは嬉しそうに、満足そうに、そうでしょうと言わんばかりに頷く。

凄い自信だなあって思うけれど、本当に素敵なんだから、そう振る舞えるのも当然なのかもしれない。

綺麗なドレスを着て、素敵なシズゥちゃんの隣を歩いてると、世界が少し変わって見える。

何時もよりも、全ての色がハッキリと、濃い感じに。

「ほら、パトラ、クレイとキリクが、こっちを見てるわ」

パーティ会場の講堂に入る前、シズゥちゃんがそんな風に言ってきたので、チラリと後ろを振り返る。

すると彼女が言う通り、クレイ君とキリク君が少し離れた場所に居て、でも私達からは、何故だか目を逸らしてた。

よく見ると、二人の顔がちょっと赤い。

まるで、シズゥちゃんと、……ちょっと自信過剰かもしれないけれど、私を見て照れたかのように。

何だか、可笑しくって笑ってしまいそうになる。

だって、うん、クレイ君はともかく、キリク君がそんな反応をするなんて、思っても見なかったから。

キリク君は、クラスで一番不思議な子だ。

他の皆は、凄いとか、頼りになるとか、逆に怖いとか、危ないとか色々と言うだろうけれど、私はそれよりも不思議だなぁって思う。

凄いのは、確かに凄い。

魔法はクラスの誰よりも得意だし、座学の勉強だってできるから前期の成績は一番で、きっと後期も一番を取ってるんだろう。

上級生との模擬戦では、相手が二年生の一番偉そうな人だったにも拘らず、勝利してる。

私は戦いは苦手だけれど、そんな私が見てもわかるくらいに、キリク君の戦い方は常に相手を翻弄してたし、余裕もあった。

つまり彼は、私達よりも一年長く魔法を学んでる二年生よりも、ずっとずっと強いのだ。

それに加えて、錬金術に力を入れて学んでて、私には手が出せないような難しい魔法薬も、ちゃんと作れる。

夏休みに、私の家にキリク君が遊びに来た時、置いて行ってくれた回復の魔法薬は、パパの仕事場で怪我をした人が出た時に、それを完治させたという。

並べたらキリがないくらいに、彼は凄いところが沢山あった。

頼れるのは、さっきの上級生との模擬戦とか、回復の魔法薬の話でもわかる通り、凄いからなんだけれど、他にも優しくて面倒見がいいからだ。

私がちょっとしんどいなって思う時は、タイミングよく一声かけたり、応援したりしてくれるし、シズゥちゃんもキリク君には、何度か助けて貰ったらしい。

それから、ちょっとこれは私がいけないんだけれど、キリク君が勉強してる横で、シャムちゃんと遊んでても、笑って気にせずにいてくれる。

怖いとか危ないって言われるのは、強くて行動に躊躇いがないからだと思う。

以前、キリク君は凄い貴族の生まれのジャックス君を、一切躊躇わずに殴り飛ばした事がある。

普通に考えたら、貴族を殴り飛ばすなんてとんでもないし、そうでなくても人は殴っちゃ駄目だから、皆がキリク君を怖がったのだ。

上級生との模擬戦だって、最後はやっぱり偉い二年生の貴族の人を、グーで殴り飛ばしてたし。

だけどそれは、どっちもちゃんと理由がある。

ジャックス君の時は、彼がシャムちゃんに手を出そうとしたからだという。

なのでジャックス君が反省してからは、キリク君と彼は仲良しだ。

上級生との模擬戦では、そのジャックス君を、二年生の人が馬鹿にしたみたいで、キリク君はそれに怒ったんだろう。

彼は確かに、行動には危ないところがあるけれど、そこにはちゃんと理由があって、大切な物を守る為だったりする場合ばかりだった。

そして私が、キリク君を不思議だなって思うのは、その全部。

凄かったり頼られたり、怖かったり危ない行動を取れるところだった。

だって、キリク君は先の学校のイベントや、大まかな授業内容を把握して、それに向けて準備をしたり勉強したりしてる。

情報源は、付き合いのある高等部の先輩だって言うけれど、一年生の間から、上級生と親しくしてるクラスメイトって、他にはあんまりいない。

まして高等部の先輩は、住んでる寮も違うし、接点なんてどこにもないのだ。

なので私には、まるでキリク君は自分から学校の情報を求めて、上級生と親しくなりに行ったように見える。

学校生活を送る上で、それが必要になると考えて。

とても田舎(いなか)の方から来たっていうキリク君には、他で学校に通った経験なんてある筈(はず)がないのに。

……私は、王都の学(まな)び舎(や)に通った事があるから、キリク君の行動が、あまりに的確過ぎるように感じるのだ。

私がしんどいなって思う時を察するのも、そう。

隣で私がシャムちゃんと遊んでても、鷹揚(おうよう)に振る舞ってくれるのも、そう。

ジャックス君を許した優しさも、家に遊びに来るのに手土産(みやげ)を持ってくる気遣いも、そう。

まるで彼が、パパやママのような大人のように感じる事が、私には度々あった。

その割に、貴族を殴り飛ばしたり、持ってくる手土産が回復の魔法薬だったり、行動はとんでもないんだけれど。

だから私の、キリク君への印象は、とても不思議な人なのだ。

パーティの最中、チラリとキリク君の姿を見掛けたけれど、彼は見知らぬ女生徒と一緒にいた。

件(くだん)の、親しく付き合いのあるって上級生だろうか。

とても綺麗で、同時に可愛(かわい)らしい人だ。

上級生に可愛らしいって思ってしまうなんて失礼だけれど……、他の言い方をするなら、可憐って言葉しか見当たらない。

キリク君の顔はやっぱり、うぅん、私達の時よりも赤くなってて、彼がそんな反応をするなんてと、思ってしまう。

だけど不思議と、……二回目だからだろうか？

私達の時のように、可笑しくて笑ってしまうような気持ちにはならなかった。

あとがき

らる鳥と申します。

知らないよって方は初めまして。

ご存じの方はお久しぶりです。

この度は『僕とケット・シーの魔法学校物語』を手に取って下さって、ありがとうございます。

今回は、タイトルにもある通り学校物です。

ファンタジーというか、異世界で学校物って、本当に難しいですね。

全く別の世界の話なのに、学校という小さな箱の中で話を動かして行かなきゃならない。

外の話も絡めなきゃ、わざわざ異世界にする必要がなく、逆に外の話ばかりになったら学校物である意味がないと言った、こう、葛藤のような物があります。

学校での物語が紡がれる場合、多くは教師の話か、学生の話になるでしょう。

この作品は後者、学生の話です。

この本を手に取られた方は、学生に対して、どんな印象を持ってるでしょうか。

僕が学生に持つ印象としては、青春、限られた時間、成長と、それから自由と束縛ですね。

学生は、大人になると降りかかる様々な煩わしいものに、まだ囚われていない時です。

だから自由に振る舞えるように見えますが、同時に大人のそれとは違った煩わしさを抱えています。

それは学校という限られた空間での人間関係だったり、成長過程にある未熟な存在と見做される事であったり、保護者の言葉に従わないといけないだとか、様々だと思います。

そもそも学生って身分自体が、枷だとか、殻のように感じるかもしれません。

学生は～～しちゃダメ、学生は～～しなきゃダメって言葉は、よく聞きますしね。

表現としては、枷よりも殻の方が良いのかなって思います。

殻に覆われてる間は窮屈に感じる事があるかもしれないけれど、殻の外の危険からは守られている。

殻の中で自分の成長の方向性を模索できる。

作品にはそんな学生らしいと僕が考えている要素を、少しでも表現していけると良いなって思います。


今回の話を書こうと思ったのは、実は某魔法学校物のゲームが発売されて購入したら、パソコンのスペックが足りなくて碌にプレイできなかったのが切っ掛けだったりします。

ゲームに期待してた分、碌にプレイできなかった事で生まれた欲求不満をキーボードにぶつけて、今回の作品は誕生しました。

創作って、満たされてるよりも欲求不満があった方が、生み出し易いのかもしれませんね。

ただ単に欲求不満をぶつけるだけだと、少し荒れた話になってしまうかなぁと思ったので、癒し枠に採用されたのがシャムさんでした。

魔法使いには黒猫って、付き物かな気もしましたので。

猫って、可愛いですよね。

僕は、猫って逃げられちゃうから、あんまり触れた事はないです。

犬は凄く寄って来てくれるんですが、猫には警戒されてしまいます。

なので、シャムは簡単には逃げないふてぶてしくて強い子になりました。

こんな子にいて欲しいなぁって願望を籠めて。

まぁ、ケット・シーですし。

ケット・シーといえば、長靴をはいた猫で有名かと思います。

知恵で主人には幸福を齎し、自分は安穏とした生活を手に入れたのが長靴をはいた猫ですが、シャムはキリクに一体何を齎すでしょうか。

少しでも気になりましたら、今後ともよろしくしていただけましたら、大変嬉しいです。

では今回はこの辺で、後書きを〆たいと思います。

とりとめのない話にお付き合いくださって、ありがとうございました。

本編はとりとめ、ちゃんとありますよ！

多分。

GAノベル

僕とケット・シーの魔法学校物語

2023年12月31日　初版第一刷発行

著者　らる鳥

発行人　小川 淳

発行所　SBクリエイティブ株式会社
〒106-0032　東京都港区六本木2-4-5
03-5549-1201　03-5549-1167（編集）

装丁　AFTERGLOW

印刷・製本　中央精版印刷株式会社

ISBN978-4-8156-2226-8
Printed in Japan

ファンレター、作品のご感想をお待ちしております。

〒106-0032　東京都港区六本木 2-4-5
SBクリエイティブ株式会社
GA文庫編集部 気付

「らる鳥先生」係
「キャナリーヌ先生」係

本書に関するご意見・ご感想は
下のQRコードよりお寄せください。
※アクセスの際に発生する通信費等はご負担ください。

https://ga.sbcr.jp/

試読版は
こちら!

第17回
GA文庫大賞
GA文庫では10代~20代のライトノベル読者に向けた
魅力溢れるエンターテインメント作品を募集します!
書く、その先へ。
イラスト/はねこと
大賞賞金300万円+コミカライズ確約!
◆募集内容◆
広義のエンターテインメント小説(ファンタジー、ラブコメ、学園など)で、日本語で書かれた未発表のオリジナル作品を募集します。希望者全員に評価シートを送付します。
※入賞作は当社にて刊行いたします。詳しくは募集要項をご確認下さい。
全入賞作品を刊行までサポート!!
応募の詳細はGA文庫公式ホームページにて
https://ga.sbcr.jp/